김윤미 희곡집 5

평민사

김윤미 희곡집 5

차례

작가의 말
변방에서 방황하는
등장인물을 위한 희곡쓰기

　마흔 즈음의 어느 날이었다. 나는 아무도 다니지 않는 산모퉁이 벤치에 앉았고, 갑자기 울게 되었다. 하늘은 푸른색이었고, 바람은 온 산의 나무를 흔들어댔다. 기억은 어제처럼 느닷없이 솟아올랐다. 스무 살의 친구가 학교 뒷산에서 '마른 잎 다시 살아나'라는 노래를 가르쳐주던 생생한 풍경이 그날 같았기 때문이다. 매년 친구의 묘지를 찾았던 대학 동기들은 외국으로, 지방으로 뿔뿔이 흩어졌고, 무연고자 무덤으로 스무 살에 죽은 내 친구의 무덤은 없어진 지 몇 년이나 더 흐른 뒤였다. 그때였을까. 원인모를 친구의 죽음을 받아들이지 못해서 오랜 시간 울지 못했다는 생각이 들었다.

　산을 내려온 후 〈애도, 1986〉이라는 제목으로 희곡을 썼다. 76극장에서 극작가 3인 낭독회로 낭독공연 연출을 했는데 김왕근 배우와 여러 배우들의 도움을 받았다. 지금도 그때 배우들에게 고마운 마음을 갖고 있다. 2년 후 〈낙타풀〉이라는 제목으로 서울연극제에서 공연되었고, 그해 광주에서 열린 전국연극제의 공식초청작품으로 초대되었다.

　모든 공연이 끝난 뒤 회식 자리에서 배우가 내게 말했다. "배우는 역할을 맡으면서 그의 삶도 영향을 받는다는 사실 아세요? 배우의 삶과 공연이 섞이면서 존재해요. 왜냐하면 배우는 무대에서 살아야 하거든요" 내가 만들어낸 가상의 인물 재영의 역할을 했던 그 배우는 이름만 같고 다른 사람인 과거와 현재의 재영이 역을 동시에 해야 했다. 그는 자기 안의 재영을 만들어내느라 오래 고심했다. 그를 통해 새로운 재영을 만나면서 나는 한 번도 재영을 만난 적이 없으면서 그를 만들어냈다는 사실을 깨달았다.

　〈안녕, 앙코르〉는 여러 과정을 거치면서 변화해갔다. 2010년 명동극장의 창작팩토리에 선정된 후 2015년에 경남과 거창, 서울 공연을 하게 되었다. 여름 폭우가 몰아치던 새벽까지 대사가 입에 감기지 않는다며 자연스럽게 다듬어달라는 김승환 배우의 요구대로 대사를 다듬었던 기억이 난다. 컴퓨터 자판기로는 배우가 원하는 감정이 써지지 않아서 펜으로 글씨를 쓰면서 대사를 만들었다. 그때 여러 번 대사를 쓰고 지우기를 반복했는데, 배우는 주인공 선우의 대사가 뜨거워도 차가워도 안 될 것 같단다. 그 미묘한 온도를 맞추기 위해 여러 번 대사를 쓰고 낭독했다. 어느 단어에서 감정의 흐름이 막히면 그 부분을 지적했고, 나는 다시 쓰기를 반복했다. 라디오 주파수를 맞추는 것처럼, 미약하지만 삶이 변하려는 순간을

묘사해야만 했다. 새벽 3시쯤 배우는 만족했다. 낭독을 마친 그는 눈시울을 붉혔고, 대사가 적힌 종이를 구겨지지 않게 파일에 넣은 뒤, 텅 빈 극장에 나를 두고 떠났다. 장마가 몰아치는 여름 새벽이었다. 우산이 작아서 비가 쏟아져 들어왔고 택시는 잡히지 않았다. 앙코르 벌판에서 우기를 만난 등장인물들처럼 비를 흠뻑 맞으며 서울의 새벽길을 한참이나 걸었던 기억이 난다.

〈안녕, 앙코르〉는 거창국제연극제 공식초청작으로 먼저 공연되었는데, 그때 배우들과 함께 거창의 어느 음식점에서 함께 했다. 대학에서 문학을 공부했다는 예술감독은 〈안녕, 앙코르〉의 강열한 감성이 자신을 끌어당겼다고 말했다. "서울 가면 날릴꺼다"라면서 웃던 배우의 생동감 있는 몸짓과 표정을 잊을 수 없다. 경남연극인들에 의해 경상도 사투리가 진하게 전달되던 〈안녕, 앙코르〉의 소심희 역은 서울에서 공연될 때 충청도 사투리로 바뀌어졌다. 서울 공연에서 충청도 출신인 배우의 도움으로 충청도 사투리로 수정되었다.

캄보디아를 가기도 전에 〈안녕, 앙코르〉를 쓰겠다고 결심하던 2007년으로부터 7년이나 흐른 후에 작품이 공연되었다. 작품을 쓰고 공연되기까지 6,7년은 흐른 것 같다. 좀 더 빨리 공연되면 좋겠지만 느리면 느린 대로 시간이 흘러도 침식되지 않는 감정만 남게 된다. 그래서 느리게, 점점 느리게 과거가 흐른다. 현재에 의해서 과거가 새롭게 인식되어지기 때문이다. 극을 쓰면서 느꼈던 혹은 배우들이 연기하면서 느꼈던 어떤 감정을 미래의 관객들도 느낄 수 있다면 좋겠다.

한 편의 작품이 공연되기까지 많은 분들의 도움이 있었다. 작품의 가능성을 믿고 지지해 주신 여러 선생님이 없었다면 여기까지 오지 못했을 것이다. 그분들께 감사의 인사를 하고 싶다.

돌아보면 희곡을 쓰면서 고통도 많았지만 고마움도 많았다. 꾸준히 희곡집을 출판해 주신 평민사의 도움도 컸다. 〈낙타풀〉과 〈안녕, 앙코르〉 두 작품을 공연했던 극단 유목민과 손정우 연출가에게도 고마운 마음 전한다. 공연이 끝나면 멀어지는 배우와 스텝들의 이름들을 다시 정리하면서 그분들에게도 감사한 마음이다. 시간은 신기하다. 어쩌다 나는 이분들을 만나서 함께 공연을 했던 걸까. 우리가 서로 알기 전에 어느 거리에서 함께 걸었을 것이고, 오랜 시간이 지나 광장에서 만나도 모르고 지나쳤을지도 모른다. 그리고 연극을 보러왔던 관객들도… 모든 인연이 신기하다. 그래서 흔적이 남지 않는 텅 빈 극장이 더욱 치열하다.

낙타풀[1]

....

등장인물

선희 (43세) 사진작가
재영 (36세) 배우. 선희의 과거 인물인 재영선배 역할도 한다.
민해 (20세) 선희의 친구
영미 (43세) 선희의 대학동창
동우 40대, 선희의 대학동창
정호 40대, 선희의 대학동창
덕기 40대, 선희의 대학동창
남자소리의 배우

때

1986년에서 2009년 어느 날

장소

빈 무대. 무대는 선희의 기억 속 과거와 현재의 시간이 분리되거나 뒤섞인다.
침실. 공동묘지. 선희 방. 지하방.

---

1) 중국 신강성의 사막지대에 자생하는 식물로 콩과의 가시가 많은 여러해살이
풀이다. '로우타우차우'로 불리며 오직 낙타만이 먹는다. 낙타가 이 풀을 먹
을 때 입안이 온통 가시에 찔려 피로 붉게 물든다. 낙타는 갈증으로 아사 직
전에 이 풀을 먹는다고 한다. 자신의 피로 목숨을 더 연장하기 위해서다.

1장. 빈방

침대.

관객에게 등을 보이고 누워 있는 재영.

선희는 침대에 걸터앉은 채 관객을 보고 있다.

선희　(관객을 향해 말한다) 너가 떠난다고 했을 때 나는 깨달았어. 왜 너를 사랑하게 되었는지. 모든 죽음이 명료하지 않은 것처럼 모든 이별도 명료하지 않아. 그러니 모든 사랑의 이유도 명료하지 않아. 너가 그곳에 간다는 문자를 보냈을 때, 나는 알았어. 너의 눈을 닮은 내 친구도 떠났다는 것을. 오랫동안 친구의 죽음은 자살일까, 타살일까, 생각했어. 사인은 감기약 부작용이었지만 나는 그 사실을 받아들이지 않았어…… 내 친구가 떠난 1986년 11월 8일. 그때 나는 스무 살. 너는 열세 살. 수학방정식을 푸느라 쩔쩔매고 있을 너를 23년 후 갑자기 사랑한 것처럼, 친구의 죽음을 갑자기 깨닫는 것처럼, 삶은 이해할 수 없는 순간이 있어…… 너에게 들려줄 이야기의 끝은 어디일까. 나는 아무것도 모르겠어. 마흔세 살이지만 한 번도 산 적이 없는 것 같아.

(음악이 흐르면, 재영은 관객을 향해 돌아눕는다. 재영이가 평화로운
얼굴로 관객 너머 위를 본다.

재영　　벌써 가을이야. 파아래. 파란 물감이 뚝뚝. 떨어질 것 같
　　　　군. 와, 벌써 물들었잖아. (팔을 문지르며) 어, 파란색이 들
　　　　었네. 그럼 뭐야 난 청색인간인가? …… (마임을 하듯이 재
　　　　영은 일어난다) 에딘버러에 갈래요. 영국? 스코트랜드? 연
　　　　극축제가 벌어지는 소도시. 나는 에딘버러에 간 적이 없
　　　　어. 여름에 벌어지는 연극축제가 있는 도시라면 어디든
　　　　상관없어. 그곳이 프랑스의 아비뇽이라도 괜찮아. 거기
　　　　가 볼까? 여기 저기, 이것저것 구경하면서. 아, 에딘버
　　　　러나 아비뇽은 7, 8월에 열리지! 이런 축제는 모두 끝났
　　　　겠군.

재영은 침대를 정리하고 관객에게 등을 보이고 앉는다.
음악이 흐른다.
선희는 걷는다.
무대 뒤로 단발머리에 선글라스, 청바지에 긴 가방을 멘 1986년풍

여대생 민해가 어슬렁거리며 걸어가는 모습, 희미한 조명이 비친다.

선희 아무도 잊지 못할 거야. 긴 갈대밭. 무덤으로 가는 길은
너무 삭막했어. 흰 갈대와, 억새, 추수가 끝난 고추밭.
서리를 맞아서 쓸모없게 된 고추. 누가 말했어. 저 고추
누구 거랑 닮았네. 짜식. 비교해 볼까. 이리 와. 미친 놈.
아무도 웃지 않았어. 누군가 웃기를 기대 했을 거야. 하
지만 우리는 웃지 않았어. 가을이야. 가을. 플라타너스
잎이 툭툭 죽은 새들처럼 떨어지고, 안개가 발에 휘감길
때, 우리들은 죄인처럼 이곳으로 모여들었어. 성태경 여
기 잠들다. 1986년. 11월 8일…… 가명은 민해야. 민중
해방. 민중의 민, 해방의 해자를 따서 민해라 한 거지.
지하조직의 일원이라도 된 것 마냥 신이 나서 말했어.

민해 (중성적인 명랑함) 내 이름은 이제부터 민해야. 민중을 해방
시킨다는 뜻이야. 어때? 씩씩하지?……

선희 본명은 태경이지. 성태경. 누군가는 성처녀 같다고 했
어.

민해 큰 경사가 났다는 뜻이야. 우리 아빠는 내가 태어나서
너무 기뻤대. 난 우리 집에서 처음 태어난 아이였대. 원
래 손이 귀한 집이라 딸이래도 감지덕지 했나봐. 네 이

15

름은 뭐니?

선희   태경이는 말했어. 아니. 민해라고 부를까. 아니. 태경이라고 부를 거야. 아니 민해. 민해라고 불러주길 바랬어.

민해   운동하는 애들은 만약을 대비해서 서로 본명을 모르는 것이 안전하대. 축구나 농구 그런 운동이 아닌 거 알지?

선희   우리는 긴 복도에서 처음 마주친 86학번이었어. 민해는 말했어.

민해   네 이름은 뭐니?

선희   (관객을 향해) 선희라고 해. 이선희······

민해   이선희? 와! 사인 받아야겠네. (노래한다) 제이, 스치는 바람에, 제이······, 선희. 반갑다. (악수를 청한다. 선희는 관객을 향해 손을 내밀고 기억 속의 민해와 악수를 한다) 점쟁이 말이 맞나봐. 우리 엄마 말이, 대학에 입학하면 처음 만나는 사람 세 명이 유명하게 된대. 넌, 내가 입학해서 처음 만난 친구야. 그러니까 넌 앞으로 유명하게 될 거야.

선희   정말? 그럼 앞으로 두 명은 누굴까?

민해   나도 빨리 만나고 싶어. 이선희. 유명해지면 한턱 내. 근데, 왜 아무도 없니? 오늘 3월 2일 맞지? 입학식이랬는데, 과 사무실도 잠기고, 이상하다.

민해가 뒷골목 사내애들처럼 어슬렁거리며 퇴장한다.

선희   그날은 입학식이었는데, 캠퍼스는 텅 비어 있었어. 나중에 알았지만, 입학식은 제1캠퍼스가 있는 서울에서 열렸어. 그러니까 우리가 실제로 다니게 될 제2캠퍼스였던 내혜홀에는 아무도 없었던 거야. 서울에서 한 시간 거리. 그곳 톨게이트를 지나면, 이런 푯말이 있어. 이곳은 안개주의보 지역입니다. 안개. 무진기행처럼 그곳은 안개가 위험한 지역이라는 거지. 바다로부터 한 시간 거리, 노을이 가장 아름다운 곳, 사진작가들이 노을을 찍으려고 들판을 헤매고 다닐 정도였어. 그곳에는 지평선 끝에 미양이라는 작은 마을이 있는데, 밤이 되면 하늘의 별들이 내려와 쉬곤 했지. 바람이 스칠 때마다 이런 소리를 내면서. 사르랑, 사르랑, 사르랑……

선희는 벤치에 눕는다. 음악이 흐른다.
선희는 재영의 원룸에 있다.
재영은 무스를 바르고 거울을 들고 자기 얼굴을 유심히 들여다본다.

재영   피부가 예전 같지 않네. 담배를 끊어야겠어. 이런, 뾰루

지잖아. 물 사마귄가. 점이 될 것 같은데…… 젠장. 마사
지를 게을리 했더니 금방 표 나잖아. 꽃미남이 아니라
호박남인가. 사진을 잘 받아야 할 텐데…… (화장을 시작한
다)

선희가 누운 채로 말을 건넨다.

선희   너는 울어야 할 때 어떻게 연기하니?

재영   그냥. 울어요.

선희   그냥, 울다니?

재영   슬펐던 일을 생각해요.

선희   예를 들면, 어떤 일?

재영   (화장을 멈추고) 솔직히 얼마 전까지는 아버지가 돌아가신
일을 생각했어요. 그러면서 눈물을 만들어냈는데, 그렇
게 하니까 어떤 역할을 하건 우는 신은 눈물의 질감이
똑같아져요.

선희   눈물의 질감?

재영   복수를 다짐하고 우는 장면에서도, 아버지가 돌아가신
일을 생각하는 거죠.

선희   아버지는 언제 돌아가셨어?

재영	십년 됐어요.
선희	아버지를 많이 좋아했나봐.
재영	아뇨. 싫어했어요.
선희	지금 울 수 있니?
재영	왜요?
선희	우는 걸 보고 싶어.
재영	아버지를 생각하지 않아도 울 수 있게 된 건, 제가 맡은 배역의 입장에서 생각해보기 때문이죠. 이 자식은 왜 울까. 이 자식이 운다면 어떻게 울까. 가장 이 자식답게 우는 건 어떤 걸까. 살짝 눈물이 고이는 정도? 입술을 바르르 떠는 정도? 어깨를 들썩이는 정도? 콧물 눈물 질질 흘리는 정도? 뭐, 상황에 따라 다르죠. 새디스트세요?
선희	아니. 남자가 우는 걸 보고 싶어.
재영	남자가 아니라 배우죠. 남자는 울지 않아요. 더구나 여자 앞에서는.
선희	내가 여자니?
재영	나, 참. 트랜스젠더세요?
선희	아니. 여자라는 말 참 듣기 좋다. 소녀, 처녀. 아가씨, 아줌마, 엄마, 아내, 며느리, 여자, 여자, 여자.
재영	우는 건 좀 그러네요. 마스카라도 번질 텐데……

선희　　남자는 언제 남자가 돼?

재영　　다들 군대 갔다 오면 남자가 된다는데, 제 생각에는 그런 것 같지 않아요. 그건 남자가 아니라 짐승이죠. 별로 생각한 적 없어요. 가끔 남자가 봐도 남자답다는 생각이 드는 사람이 있긴 하죠.

선희　　어떤 사람이니?

재영　　우리 아버지 같은 사람요.

선희　　좋은 분이셨구나.

재영　　예, 책임감이 투철하신 분이셨죠. 아버지가 돌아가신 뒤, 그분의 일기장을 보고 알았죠. (허스키한 중년남자의 목소리로) 나는 배우가 되고 싶다. 종팔이가 스무 살이 되면!

선희　　본명이, 종팔이었니?

재영　　에이. 소문내지 마세요. 박종팔. 웃기잖아요. 아버지가 존경하는 판사이름이라는데, 뒷골목 보스 이름 같아요.

선희　　뭐하신 분이셨는데?

재영　　알아서 뭐하게요?

선희　　그냥 알고 싶어.

재영　　왜요?

선희　　싫음 말고.

재영　　법원서기셨어요.

재영이가 일어나서 무대 앞으로 걸어 나와 전신 거울에 자신의 모습을 앞뒤로 비쳐본다. 선희는 가방에서 카메라를 꺼내 필름을 끼운다.

선희　종팔이가 좋다.

재영　에이, 놀리지 마세요. 제 이름은 재영입니다. 박재영. 어때요? 영적인 필이 확 느껴지죠?

선희　이름은 주문 같아. 어떤 남자는 우연히 알게 되었대. 자신이 미자로 시작하는 여자만 사랑했다는 걸. 미자, 미숙, 미영, 미희…… 그래서 미자가 들어간 이름을 만나면 파블로프의 개처럼 침을 흘린다네.

재영　에이.

선희　믿거나 말거나.

선희, 카메라를 들고 재영을 빙빙 돌며 거리를 잰다.

조명이 서서히 바뀐다.

재영은 다양한 포즈를 취한다.

선희는 카메라 속의 재영에게 빠져든다.

검은 뿔테 안경으로 바꿔 쓴 민해가 무대 뒤에서 걸어와 재영의 팔짱을 낀다.

선희는 카메라에서 눈을 떼고 둘을 본다.

재영은 선희의 기억 속 인물을 연기한다.

민해   점쟁이 하는 말, 내가 대학 가서 만나는 세 사람이 유명
            해진대요. 오빠는 내가 두 번째 본 사람이에요. 재영오
            빠. 재영오빠는 정말 유명한 사람이 될 거예요.
재영   인석아. 형이라고 해.
민해   형. 반갑습니다.
재영   습니다가 뭐냐. 닭살스럽게. 그냥 말 놔라.
민해   반가워 형!

민해, 재영의 손을 꽉 잡고 흔든다.

재영   됐다. 아무 데나 힘쓰지 마라. 악수는 본디 손윗사람이
            청하는 거다.
민해   죄송합니다. 아, 참. 형. 죄송!
재영   선희라고 했냐?

선희는 고개를 끄덕인다. 재영은 선희를 아래위로 훑어본다.

재영   대학 입학한다고 한 벌 맞췄냐? (선희 고개를 끄덕인다) 교대

막 졸업하고 첫 발령 받은 선생 같다. 저어기. 낙도 분교 같은데……

선희는 깜짝 놀라 자신의 옷차림을 이리저리 훑어본다.

민해   이제 세 번째 사람이 남았어요. 형, 누구 만난 사람 없어요?

재영   없다. 어쨌든 입학 축하하고, 형한테 먼저 인사 건넨 너, 기특하다. 헌데, 선배가 밥 한 끼 사야하는데 (바지주머니에서 동전 두 개를 꺼낸다) 이거 밖에 없다. 이 돈 2백 원 보태서 우리 밥 사먹자. 실비 집 돼지갈비 어떠냐? 한 3천 원 할 거야. 그 집, 니들도 알아두면 좋아. 가자.

민해   오빠, 아니, 형. 기념사진은 찍어야죠.

재영   그래, 찍어주지.

민해   아뇨. 형이랑 저랑 먼저 찍어요. 그 다음 선희랑 나랑 찍고, 선희랑 형,

재영   좋을 대로.

선희   혹시 지나가는 사람 없을까?

민해   잠깐. (카메라 렌즈 뚜껑을 열어준다) 뚜껑을 안 열었어. (위치를 잡아준다) 여기서 이렇게 저쪽 나무 배경으로 찍음 되겠

다. 여기 누르기만 하면 돼.

재영　카메라 좋은데.

민해　아빠 거예요.

재영　아빠 뭐하시는데?

민해　의사예요. 엄마는 약사시고요.

재영　부르주아구나.

민해　예? 그게 무슨 말이에요?

재영　우리 동아리 와라. 그럼 다 알게 된다.

선희　사진 찍을게요. 하나, 둘, 셋!

플래시가 번쩍이는 순간, 기타음악(Alex Fox-*Those Were The Days*)이 흐른다.

모든 시간이 멈춰버린 것처럼 배우들의 느린 동작과 흐린 조명.

재영이 선희의 사진기를 받아서 선희와 민해를 찍고,

민해가 사진기를 건네받으면, 재영은 제임스 딘처럼 칼라 깃을 올리고 담배를 꼬나문다. 선희 낯설게 멀찍이 서서 재영을 바라보다가 외면한다.

민해, 선희에게 손짓으로 재영에게 가까이 다가서라 하고, 선희는 그럴수록 더욱 재영에게서 뒷걸음질 친다. 재영 선희를 흘낏 보면 후레쉬가 터진다.

2장. 공원묘지

2001년.

에딘버러 공원묘지.

영미와 동우, 정호와 덕기가 등장한다.

동우는 노랑머리로 염색했는데 전혀 어울리지 않는다.

그들은 무대 앞 호수를 바라보며 다가온다.

동우　왜 검은 색만 입냐?

영미　내 인생의 상복이다.

동우　표현 죽이네.

영미　체홉의 갈매기에 나오는 마샤의 대사다. 너의 말은 마샤
　　　를 짝사랑하는 메드베젠꼬의 대사고.

동우　뭐야? 내가 체홉이라고?

영미　희곡창작시간에 갈매기 발표했던 거 잊었냐?

동우　아직도 그걸 기억하냐? 90년에 졸업했으니까. 12년 됐
　　　나?

영미　수업 들은 기억이 그거밖에 없다. 덕기 쟤 맨날 수업 거
　　　부하고 민주화 운동하러 가자고 했잖아. 치사하게 지들

만 삭발하고.

동우   너 삭발 안 해준다고 성차별이라고 했던 거 기억 나냐.

영미   결국 미장원 가서 싹 밀고 왔잖아.

정호   아, 쓸쓸하다. 늦가을이라 행락객 하나 없구나. 김기덕 영화 〈섬〉, 여기서 찍은 거냐? 우째 똑같다. 수취인불명 봤냐? 거기 배경이 평택이다. 그 영화 보고 김기덕이 인정했다. 덕기야. 너도 이름 앞뒤로 바꾸면 기덕이다. 김기덕. 언제 뜨냐. 행인 1이냐 2냐? 조연이라도 뜨면, 시에프도 찍고 그러던데.

영미   올 때마다 낚시꾼 하나 없네. 참 그러기도 힘들 텐데. 담배 있냐?

덕기 말없이 영미에게 담배 내밀고 라이터로 불을 붙여준다. 그리고 자신도 담배를 하나 피워 문다. 덕기, 정호에게도 담배 권하나 정호는 손짓으로 거절한다.

동우   부럽다. 덕기야. 너는 하고 싶은 거 하면서 살잖아. 마당극 하다가 방송국 엑스트라로 전락한 건 좀 웃기지만. 나 봐라. 배는 나오지 얼굴의 윤곽은 없어지지. 정호처럼 썸씽이 있는 것도 아니고, 로맨스 소설 하나 못 쓰고 늙어갈 것 같다. 둘째 만들려다 쌍둥이가 생겨서 애는 셋이나 퍼질러 낳고, 마누라는 방바닥에 떡 붙어서 떨어지지 않고 점점 비대해진다. 가끔 악몽을 꾸는데, 마누라 살이 집을 다 채우는 거야. 이상한 나라의 앨리스처럼 말야. 그럼, 애들하고 나는 어디 가서 자냐?

정호 요즘 우리 회사 무슨 바람이 불었는지 다들 사랑니 빼고 임플란트 하고 난리다. 나도 낼 아침 열시에 대망의 임플란트 수술이 잡혔다. 양쪽 어금니 두개다. (덕기한테 입을 크게 벌리고) 어금니 두 개 없지?

덕기 안 보여줘도 된다. (이후, 말없이 천천히 담배만 핀다)

정호 지난 토요일 자정부로 술과 담배를 끊어버렸다. 의사 말로는 앞으로 한 5개월 술과 담배에서 해방돼야 한다는데 금단증세로 정신이 하나도 없다. 증말 나가 이렇게 살아서 되겠냐? 동우야 나도 너처럼 머리나 팍 염색해버릴까? 빨간머리로.

동우 염색약은 나대로표다. 우리 회사건 천연소재라 부작용도 없는 웰빙제품이다.

정호 영미야. 부르동들은 다들 잘 지내냐?

영미 (연기를 내뿜으며) 이것들이 온다고 약속은 잘해. 갑자기 애가 아프고, 시부모가 오시고, 잡지사 원고마감이고. 핑

계들이 수두룩하다.

동우 부르동들 보고 싶다.

영미 동우야. 부르동 부르동 하지마. 무슨 외국종 개이름 같다.

동우 왜? 난 좋은데. 부드러운 동무. 여자동기들 한데 묶어 부르동 부르동 하면 기분도 부드러워진다.

영미 징그러워. 도대체 누가 만들었냐?

동우 정말 잘 만들었어. 누가 만들었지?

한순간, 일행들은 관객 쪽에 있는 호수만을 바라본다. 각자 대학시절의 한 순간들을 회상하는 무표정한 모습들. 그들은 시간의 공백을 뛰어넘으려는 듯 왁자지껄하게 떠들고 난 뒤, 갑작스런 침묵을 지킨다. 그들은 서로의 침묵을 내버려 둔 채 삶에 지친 자신들을 응시하고 있다.

영미 (핸드폰 열어보며) 관리실 아저씨 전화 안 받네. 일곱 시까지 가봐야 하는데.

정호 영미시인. 오랜만에 만났는데, 너무 모범적이다. 노처녀가 좀 늦어도 된다.

동우 재작년에도 관리실 사람 못 만났어. 전화번호만 있고 텅 비었던데.

영미   우리끼리 찾아보자.

동우   어떻게 찾냐?

정호   삼 년 만에 산 하나 사라지고, 관리실에 휴게실까지.

동우   안형이 매번 안 빠지고 왔는데, 하필 교통사고 났지 뭐냐.

정호   (둘러보며) 죽은 사람들 그새 많이 늘었다. 저기 산비탈까
         지 묘지가 들어찼어. 한 사년 전만 해도 배밭이었잖아.
         저쪽은 고추밭, 이쪽은 늪. 다 들어찼네. 와 납골당도 새
         로 지었네.

동우   저기 납골당 앞에 조화도 팔더라. 사람도 없어. 그냥 돈
         통에 쓰여진 가격대로 넣고 가져오면 돼. 웃기잖냐? 그
         꽃 사서 무덤에 놓고 가면 다시 걷어서 팔면 어쩌냐.

영미   설마. 죽은 사람 갖고 장난치겠냐.

정호   십오 년 전이지? 여기 처음 왔을 때. 저기 왼통 갈대밭
         이었잖아. 고추밭에 따지도 않은 고추는 동우고추처럼
         서리 맞아 다 시들고, 정말, 황량했지. 장의차 못 탄 학
         생들은 시외버스 타고 일죽서 걸어왔잖아. 가도 가도 갈
         대. 가도 가도 갈대. 와, 진짜 감당할 수 없는 풍경이라
         는 게 그런 건지. 저승 가는 길이 있다면, 그런 길일까.

동우   (가슴께를 만지며) 야, 밀하지 마. 가을만 되면, 여기 아프다.

정호	해마다 이맘때쯤, 왜 슬프고 허전한지, 나, 어제 알았다.
영미	니들도 그러니. 나도 가을 타.
동우	여자는 봄을 타고 가을은 남자가 탄다.
영미	매년 한 번씩 들르겠다고 민해한테 약속했는데, 여섯 번은 빠졌다.
동우	가명 부르지 마라.
정호	태경이라 부르자.
동우	11월 8일. 그 날은 첫사랑이 절교편지 보낸 날이었다.
정호	누구야?
동우	넌 몰라. 고향에서 사겼던 앤데, 하필이면 태경이가 죽던 날, 새로 사건 남자친구 생겼다고 초콜릿 한 박스에 절교편지 넣어서 기숙사로 보냈더라. 룸메이트만 좋아하고 난 죽을 맛이었어. 그래서 나 아직도 초콜릿 안 먹잖아. 가나초콜릿.
영미	동우야 너만 그런 아픔이 있는 게 아니란다.
정호	나 말고 누구야?
영미	됐어. 나 니들한테 물어보고 싶은 게 있어.
정호	물어.
영미	운동권 애들이 정말 있기는 있었니? 난 도통 모르겠더라.
동우	글쎄. 시위 몇 번 나가고, 수업 거부하고. 교수 쫓아내

고. 뭐 그 정도?

영미 그런 건 나도 했다. 87년 종로 갔다가 최루탄 피해서 와 엠씨에이 화장실 가서 막 울었던 거 기억나. 하지만, 모르겠어. 제대로 운동한 애가 누구니?

동우 제대로 운동한 애들이 누굴까.

정호 신변을 위해 서로 비밀로 했으니까. 지들끼리도 모를걸.

영미 재영이 형, 정말 완전히 실종된 거니?

정호 죽었을지도 몰라.

동우 북에 갔다는 소문도 있고, 미국으로 밀입국했다는 소문도 있어.

정호 선희랑 여기 왔었던 거 기억하냐?

영미 언제?

정호 재영이 형 사라지고 난 후.

영미 몰라.

정호 솔직히 다음에는 선희가 죽을까봐 겁났었다.

동우 내 룸메이트도 실종 됐어. 저녁에 학생식당 간다고 나갔는데, 사라졌어.

영미 초콜릿 먹은 친구?

동우 아니, 경영학과 학생인데, 어느 날 사라졌어. 기숙사 뒷산 밤새도록 뒤지고, 시체가 묻혔을까봐 낙엽도 들치고

정말, 도깨비한테 홀린 기분이었다. 운동권도 아니었는
데. 기막힌다 진짜.

정호   학생회장도 난데없이 거문도 해변에서 시체로 발견됐잖
아.

동우   나, 대학생활 생각하면 죽음밖에 생각 안 난다.

무대 뒤 조명 흐리게 들어오면, 바바리를 입고 한 손에 흰 국화다발
을 든 선희가 대학동창들을 바라본다. 동창들은 선희를 보지 못한다.

정호   선희말야. 재영이 형 사라지고 바로 결혼했지?

동우   일 년 지났을걸. 결혼하고 독일 갔잖아. 선희는 종일 된
거 봤겠다.

정호   아무리 그래도 연인이 실종됐는데 어떻게 금방 다른 남
자 만나냐.

영미   다행이지 뭐. 형 사라지고 선희 좀 그랬잖아.

정호   솔직히 그게 정상적인 결혼이냐? 도피지 도피.

동우   죽는 거보다 도망치는 게 낫다.

정호   그러게. 참나, 그 벌건 피 하며……

영미   그날 우리가 안 찾아갔다면 어떻게 됐을까.

정호   (생생히 떠오르는 듯) 몰라 몰라 몰라.

영미   바보 같은 기지배.

동우   선희는 왜 연락도 안하고 결혼했을까.

영미   선희가 원하지 않았어.

정호   야, 너라면 했겠냐?

덕기, 담배를 종이컵에 비벼 끄고, 영미에게 건넨다. 영미도 담배를 비벼 끈다.

덕기   가자.

동우   관리실 아저씨는?

정호   아저씨 기다리다 밤새겠다.

영미   잠깐만. 그러니까 여기가 입구지? 내 기억에 입구에서 오른쪽이었어. 저쪽.

덕기는 이미 반대편으로 가고 있다.

정호   덕기, 이쪽이야.

덕기   (씩 웃으며 가던 방향으로 간다)

정호   야, 이쪽이라니까.

동우   (덕기와 영미 사이 중간쯤을 가리키며) 저쪽인 것 같은데.

영미　　　　일단 오른쪽으로 돌아서 왼쪽으로 갔어. 중간에 벤치도 있고 비 오면 쉴 수 있는 테라스도 있었잖아. (둘러보며) …… 없네.

일행들은 서로 자신의 기억을 더듬으며 무대를 이리 저리 오간다.
아련하고 슬픈 춤곡이 흐른다.
압도하는 무덤영상과 친구들의 긴 그림자가 무대를 채운다.
그들은 숨바꼭질 하는 것처럼 무수한 무덤 사이를 오가며 친구의 무덤을 찾는다. 그러다가 그들이 처음 서 있던 자리로 각자 돌아온다.

정호　　　　야, 감나무. 감나무 있었던 거 기억 나냐?
동우　　　　밤나무?
정호　　　　아니 감나무. 내가 감 따려니까 말렸잖아.
동우　　　　내가?
정호　　　　그래. 무덤 옆에 이만한 감나무 한 그루 있었잖아.
동우　　　　그게 언제적 이야긴데?
정호　　　　몰라. 어쨌든 감나무가 있었어. 감나무 있는 데 찾아봐.
동우　　　　서울에서 김 서방 찾기네.
정호　　　　정말 무심한 친구들이다. 친구 묘도 못 찾고.
영미　　　　못 찾겠어. 찾았어?

동우   감나무나 찾아라.

영미   밤나무?

동우   감나무 옆에 있었대.

영미   감나무?

동우   그래.

정호   동우야. 너 아직도 영미 좋아하냐?

동우   마누라한테 입도 벙긋 하지 마라.

정호   좋아하는구나. 아직도.

동우   초콜릿 선물은 한번으로 족하다.

동우, 왼쪽으로 퇴장하면, 정호도 그를 따라 간다.

덕기 혼자 객석 사이에서 두리번거리며 나온다.

영미 무대 뒤쪽에서 앞으로 걸어 나와 덕기를 본다.

영미   덕기야 그쪽은 아니야.

덕기   알아.

영미   뭐? 너 뭐하니?

덕기   그냥, 구경해.

영미   김덕기. 한가하게 구경할 때가 아냐. 날은 저물고, 애들
은 실비집도 들린다는데 어쨌든 서울 가는 고속버스는

타야 하잖니. 이쪽 줄로 가서 빨리 감나무나 찾아. 어째
너는 차도 없냐.

덕기 (객석 쪽을 가리키며) 차는 없는데 감나무는 있네.

영미 어머. 감나무가 많네.

덕기 감나무에 집착 말고, 마음의 소리를 들어라.

영미 뭔 소리야?

덕기 영미야. 예전에 입구는 이쪽이 아니었어.

영미 뭐?

덕기 저수지도 이쪽이 아니었고.

영미 ……

덕기 나, 작년에 왔었는데, 입구 반대쪽에 저수지가 있었거
든. 그러니까 입구는 여기가 아닌 저쪽이었다는 거지.

영미 우리가 믿는 기억이라는 게 정확한 걸까.

덕기 그렇게 말하니 나도 확신이 안서네.

영미 기억이라는 것도 환상이 아닐까. 태경이에 대한 기억보
다 태경이에 대한 환상만 늘어나는 것 같애. 실제 태경
이가 아닌 조각난 기억으로 재구성된 태경이. 너가 기억
하는 태경이는 어떤 모습이니?

덕기 영미야. 환상은 없다. 원래 있던 모습을 뒤늦게 발견한
것뿐이지.

영미	입구가 서로 반대쪽이었다는 거잖아. 난 십오 년 동안 여길 몇 번 왔는지 기억이 안 나. 여섯 번 빠졌다지만 그런 걸까.
덕기	나도 자주 오지는 못했어. 군대 가기 전에 오고 군대 제대하고 오고 작년하고 오늘이다.
영미	스무 살 여자애가 친구의 시체를 본다는 게 뭘 의미하는지 아니?
덕기	……
영미	선희도 나도 견디기 힘든 일인데 왜 봤을까.
덕기	후회하냐?
영미	…… 내가 여기 왜 왔을까…… 그냥, 내 맘 편하자고 온 거 같기도 해.
덕기	(영미 어깨를 말없이 두드린다)

동우와 정호가 등장한다.

| 정호 | 무덤스타일이 바뀐 것 같아. 저쪽은 동양식 기본형이고, 저쪽은 동양식 둘레형. 서구식 기본형에 서구식 둘레형. 관리실에 지도를 보니까 묘의 유형에 따라 위치들이 조금씩 다르더라고. 새로 생긴 곳은 주로 가족 납골묘더라 |

고. 예전에 개인 납골묘가 부부 납골묘로 바뀌기도 하고……

동우　(카탈로그를 펼치며) 사설납골당으로서 만 사천 기를 안치할 수 있는 시설을 갖추고 있으며, 남향에 자리 잡은 고인의 편안한 안식의 당입니다. 만 사천 기?

정호　남향은 아닌데. 약간 북서향이지.

영미　찾았어?

정호　아니.

동우　안형한테 전화할까?

정호　기부스한 상태로 오면 어쩌려고 그래.

영미　잠깐. 다들 멈춰. 이러다 밤새도록 무덤 사이를 헤매고 다니겠어.

정호　그래. 일단. 쉬자. (손수건을 꺼내 이마를 닦는다)

동우　(검은 봉지를 들여다보며) 소주 한잔 하고 싶다.

영미　입구가 예전에 저쪽이었냐?

정호　저수지가 이렇게 가까이 없었는데.

영미　그럼 우리 저쪽으로 가서 찾아보자. 일단 감나무 있는 곳으로.

일행은 다시 무덤을 돈다. 그들은 처음 그들이 섰던 반대편에 멈춰

선다.

동우 여기야. 여기. 무덤 옆에 감나무가 있고, 산으로 가는 오
솔길이 이쪽에 있었어. 여기다.

정호 그러네…… 기억난다.

영미 비석이 없네.

덕기 예전에도 없었어.

정호 나무로 된 푯말이 박혀있었는데 없네.

동우 맞아. 여기가 맞아. 확실해. 여기 무덤에 서면 저기 앞산
에 해가 뉘엿뉘엿 지는 게 보였어. 그러니까 서향인거야.

정호 그러네…… 기억난다.

영미 (덕기에게) 맞냐?

덕기 대충.

동우 정확해 그냥 여기야. 저기 앞산에 해가 지는 게 보였다
니까.

덕기 오늘은 없네.

정호 눈 올 것 같지 않냐?

동우 늦가을 해지는 거 보면 알거야. 여기 이 자리야.

영미 어쨌든 술이나 한 잔 뿌리자.

동우가 종이컵을 들면, 정호가 술을 붓는다.

영미는 과자와 귤을 종이접시에 진열하고 그들은 절을 한다.

사이.

영미는 일어나서 과자와 귤을 하나씩 나눠주고 동우가 소주를 컵에

따르면 정호가 영미와 덕기에게 나눠준다.

동우   (관객을 향해 컵을 들어올리며) 태경아 오랜만이다.

정호   잠깐! 야외에서 먹을 때 예의가 있다. (객석을 향해 귤과 오징어
를 나눠주며) 고시레! ……객귀 붙으면 안 되니까. 고시레!

동우   (여자관객에게 귤을 주며) 고시레!

영미   별거 다 해. 태경아 이해해라.

정호   여기 무덤들한테 태경이 잘 봐 달라고 인사한 거다. 자,
마시자.

다들 술을 단숨에 들이킨다. 오징어를 나눠주는 영미.

동우는 술을 각자의 컵에 따라주고 단숨에 술을 마신다.

그들은 목마른 사람들이 물을 마시듯 빠른 속도로 술을 마신다.

그들은 술기운과 피로로 자세가 조금 흐트러진다.

그들은 취기에 모두 혀가 꼬인다.

영미	동창무덤에 십오 년 동안 안 오다니. 우리, 참 이상하지 않아?
정호	(열심히 귤을 까먹으며) 여기 오면 친구들 만나잖아. 근처에 안형도 살고. 태경이 핑계로 얼굴이나 보는 거지.
덕기	야유회냐. 지가 뭘 했다고.
정호	뭐라 그랬냐?
동우	니가 뭘 했네.
정호	(영미에게) 너도 들었냐? 나한테 니가 뭐했냐고 하는 소리.
영미	응. 늘상 하는 얘기야.
정호	지가 뭘 안다고. 그럼 저는 뭐 했는데.
영미	신경 쓰지 마. 술만 먹으면 거울보고 넌 뭐했냐 하는 애잖아.
덕기	태경이 굶는 동안 좃도 넌 뭐했냐.
정호	저 새끼. 술만 처먹으면 저래.
영미	제기랄! 수컷들은 싸우면서 정 드냐.
동우	나, 태경이한테 약속 했어 마음속으로. 잊지 않겠다고. 우리가 기억하지 않으면 누가 기억하냐? 태경이도 열산데, 우리가 알잖아. 근데 기억도 희미하고 죄책감도 희미하다.
영미	니 죄책감은 모야?

동우   모호해. 제대로 데모를 했나. 운동권 애들한테 니들 선
       동방식은 좀 문제 있다. 용기 있게 소리치기를 했냐. 아
       무튼, 짬뽕이다.

정호   운동하다 술 먹어서 위에 빵구 난 애들 여럿 봤다. 맞다.
       감기약 부작용이라지만 태경이는 굶어 죽은 거야. 씨바.

정호, 담뱃불을 붙여 무덤에 꽂으려다 무덤을 자세히 본다.

정호   이상한데. 떼 입힌 지 얼마 안 된 거 같네.

영미   (비틀거리며 엎어진다) 그래, 이상하다. 잔디가 무성했는데,
       왜 이러냐.

정호   이거 새 무덤인걸.

영미   뭐야? 그럼, 누구 무덤이야.

동우   여기 맞다니까 그러네. 내가 여기 감나무에 등을 기대고
       저기 해가 뉘엿뉘엿 지는 걸 보는데, 안형이 오솔길로
       올라가서 소피보고 왔다 이거지. 그래 내가 놀렸거든.
       어디 무덤에 볼일을 봤냐고.

영미   (발밑에 뭔가를 느끼고 앉아서 손으로 헤집어본다) 있다. 비석. 여
       기 있네.

정호   새 건데. 대리석도.

영미	장수환! 남자네.
정호	동우 너 여기 맞다며?
동호	여기 맞아. 틀림없어.
영미	뭐야. 우리는 남의 묘에 인사한 거잖아.
정호	잠깐. 십오 년이다. 계약기간이. 올해 끝난 거야. 그러니까 계약기간이 끝나서 다른 사람이 들어온 거다. 부모님 연락처 아는 사람?
영미	장례식 때 뵙고 한 번도 뵌 적이 없어.
동우	안형이 알걸. 학회장이었으니까. 근데, 연락하지 마.
정호	왜?
동우	십오 년 동안 태경이 부모님 마주치거나, 다녀간 흔적, 없었어. 굳이 연락해서 상처를 건드릴 필요 없잖아.

사이.

정호	서울 가는 길에 안형 병문안 가자.
동우	학교는?
정호	늦어서 못 들리겠다.
동우	실비집이 아직도 있을까.
정호	…… 어디로 이장했지?

영미 ······ 이장, 했을까?······

동우 기억해. 오늘부터 태경이를 우리 가슴속에 이장한다.

정호 여기 다시 올 일은 없겠구나.

영미 늦기 전에 용서를 빌어야 해. 용서해 줄 사람이 사라지고 마니까.

다들 침묵한 채 서 있다. 덕기 비칠비칠 일어난다.

덕기 가자.

다들 발이 안 떨어지는지 그 자리에 서 있다.

덕기 멈춰 서서 뒤돌아본다.

일행들 천천히 덕기 쪽으로 움직인다.

조명이 흐려지면 기타 음악이 흐른다.

일행들은 긴 그림자를 끌며 각자 천천히 무대를 퇴장한다.

그들이 퇴장하면, 바바리를 입은 선희가 등장한다.

선희는 그들이 섰던 무덤 앞에 서서 무덤을 내려다본다.

암전.

3장. 빈방

침대.

배우 재영이 천정을 향해 반듯이 누워있다.

바바리를 입은 선희가 천천히 걸어와 침대에 걸터앉는다.

재영 약간 짝짝이세요? 다리 길이요. 왼쪽이 짧던가, 오른쪽
       이 짧을걸요.

선희 ……

재영 지하에 살다보니 발소리에 민감해져요. 발소리만 들어
       도 감정이 느껴져요. 불안한 걸음걸이. 망설이는 발걸
       음. 느린 듯 빠르게. 누가 뒤쫓아 오는 것도 아닐 텐데.
       왜 그렇게 걸어요?

선희 …… 작별인사 하려고 왔어.

재영 (체홉의 「갈매기」에 나오는 뜨레쁠레프의 대사) 난 고독해. 따뜻하
       게 위로해 주는 애정도 없고, 마치 굴속처럼 추워요. 그
       래서 무엇을 쓰든지 바삭바삭하고 딱딱하고 우울해. 부
       탁이야. 이대로 있어줘.

선희 …… 당분간 연락이 안 될 거야.

45

재영   (여전히 뜨레쁠레프의 대사. 슬픈 듯이) 당신은 자기 길을 발견하고 갈 길을 분명히 알고 있어요. 하지만 나는 여전히 망상과 미망 속을 헤매고 있어요. 난 신념을 가질 수 없고 무엇이 나의 사명인지도 몰라요.

선희   (자리에서 일어난다) ……

재영   (선희의 팔을 잡는다. 선희는 다시 앉는다) 난 당신을 저주하고 증오해. 나의 젊음은 갑자기 꺾여서 벌써 90년이나 산 것 같아. (자리에서 일어나 관객을 향해 앉는다) 지금까지 내가 말한 건 뜨레쁠레프의 대삽니다. 체홉의 갈매기에 나오는 인물이죠. 대학교 연극반에서 뜨레쁠레프 역을 맡은 적이 있어요. 엄마의 애인한테 여자친구를 뺏기고 자살하는 멍청한 녀석이죠. 하지만, 난 그 자식과 달라요. 엄마는 아버지가 돌아가신 후 십년 동안 남자 없이 지냈어요. 어쩌면 몰래 사겼을 수도 있겠지만. 엄마에게 애인이 생길 거라는 생각은 한 번도 해본 적이 없어요…… 엄마도 애인이 필요할 것 같아요. 엄마도 다른 남자와 살고 싶겠죠. 내가 엄마라면 어떨까. 생각해보니 외로워요. 아들은 연극한다고 일 년에 한 번 올까말까. 딸은 영국에서 아일랜드인이랑 동거하고, 이모들은 죽거나 멀리 떨어져 있고. 24시간 대형마트에서 밤에만 일하니까 친구 만날 시간도 없고……

재영은 선희의 팔을 천천히 쓰다듬는다. 선희는 그대로 앉아 있다.

재영　점점 마르네. 어디 아파요?

선희　아니.

재영　(자세를 바꾸지 않고 선희의 팔을 더듬으며 만진다) 말랐어요. 전에는 부드러운 살이 만져졌는데, 뼈만 남았어요. 뭐가 그렇게 고민이죠?

선희　고민 없어.

재영　(체홉의 「길매기」에 나오는 뜨리고린의 대사) 마음만 먹으면 비범한 여자가 될 수 있어. 환상의 세계로 데려다 주는 싱싱하고 황홀한 시적인 사랑. 이 세상에 그런 사랑만이 행복을 주지. 그런 사랑을 맛 본 적이 없어. 젊었을 때는 잡지사 문턱을 드나들며 가난과 싸우느라 그럴 여지가 없었어. 이제 겨우 그것이, 그 사랑이 드디어 찾아와서 손짓하고 있는 거야. 그것을 피해야 할 이유가 어디 있어?

선희　(팔을 빼며) 그건 누구 대사야?

재영　뜨리고린. 그 자식은 연상녀의 아들 애인과 바람이 나죠. 나나. 그년은 또 그런 놈에게 넘어가서 그년을 사랑했던 멍청한 첫사랑이 자살하게 만들죠. 첫사랑이 질투에 미쳐 날뛰는 걸 보면서도 늙은 남자한테 넘어간단 말이죠. 사랑은 참 잔인해. 도덕이나 윤리가 별 소용없으니까. 부도덕함이 사랑을 강열하게 만드는 건가? 아님 너무도 강열해서 이성이 마비되는 건가? 도덕주의자세요?

선희 무슨 말이지?

재영 처음 만난 남자를 집까지 데려다주는 걸 보면 박애주의자? 아님, 선수?

선희 (웃는다) 선수?

재영 선수라고 하기에는 뜸 들이는 시간이 너무 긴데.

선희 선수라는 말 좋다.

재영 말해 봐요. 솔직하게. 나랑 자고 싶죠?

선희 (미소 짓는다)

재영 어서요.

선희 아니.

재영 내숭 백단이시네.

선희, 자리에서 일어선다. 재영은 선희의 팔을 잡는다. 선희는 재영의 손을 떼어내려 한다. 재영은 움켜쥔 손을 놓지 않는다. 선희는 재영의 옆에 앉는다.

재영 이상해요. 같이 있으면. 편안하고 기분 좋은데, 성욕은 사라져요. 왜 그럴까. 눈 때문일까. 좀 특이하게 생긴 거 알아요? 눈.

재영은 선희의 눈을 들여다본다. 선희는 관객을 향해 앉아 있다.

재영 날 봐요. look at me. 나 아닌 딴사람을 보는 것 같아.

재영은 선희 눈앞에서 손을 부채처럼 흔들어 본다.

선희 최면 거는 것 같아.
재영 최면에 든 적 있어요?
선희 아니.
재영 최면을 걸어볼까요?
선희 할 줄 알아?
재영 그럼요. 한때는 최면에 관한 책만 사서 읽었는걸요.
선희 최면으로 기억을 지울 수 있을까?

재영   물론이죠.

선희   어떤 한 시기.

재영   자, 여기 쓰세요.

재영이 종이와 연필을 준다.

재영   먼저 지우고 싶은 기억에 제목을 붙이세요.

선희   뭐라고 쓰지?

재영   아무거나.

선희   만약 잘못되면?

재영   마는 거죠. 손해 볼 거 없잖아요.

선희   손해?

재영   기억을 지우고 싶다. 그런데 안 지워졌다. 그렇다고 뭘
          잃어버린 건 아니죠. 기억이 지워졌다. 편안하다. 사실
          이렇게 되면 뭔가 잃어버린 게 되지만. 뭘 망설이세요.

선희   ……

재영   말해봐요.

선희   ……

재영   안 좋은 기억이 있어요?

선희   나는 너를 왜 만났을까. 생각해.

재영	연극 뒤풀이에서 우연히 만나 같은 방향이라는 이유로 술 취한 남자를 데려다 줬다. 그 외 이유가 있나요?
선희	안 좋은 기억과 연결되어 있어.
재영	와. 갑자기 기분이 안 좋아지는데.
선희	우리가 만약 기억할 수 없다면, 똑같은 잘못을 할까? 나는 너를 만나면서 생각해. 지난 날 어느 때쯤 이와 비슷한 감정을 느꼈던 때가 있었지. 그리고 나는 그때 회복할 수 없었던 실수를 지금 와서 만회할 수 있다고 믿고 있어. 용기를 내서. 그런 믿음을 가져 보는 거야. 만약 안 좋았던 기억을 지워버린다면, 똑같은 실수를 또 반복하겠지.
재영	기억해도 마찬가지죠.
선희	노력한다면 피할 수 있겠지?
재영	노력해도 피할 수 없는 게 있어요.
선희	그게 뭐지?
재영	사랑요.
선희	사랑을 믿니?
재영	사랑이 보험인가요? 사랑을 믿게.
선희	네가 생각하는 사랑은 뭐니?
재영	사랑은 현존이죠. 순간.

선희   쉽다.

재영   쉽지 않아요. 디오니소스 신이 강림하셔야 해요.

선희   디오니소스 신은 언제 오니?

재영   모르죠. 그분 맘이니까.

재영은 선희의 바바리를 벗기고 의자에 앉힌다.

재영은 선희의 눈 위에서 자신의 목걸이를 풀어 추처럼 흔든다.

이 장면은 경쾌하게 흘러간다.

재영   여기를 보세요. 거꾸로 열을 셀 동안 눈을 감고 제일 먼
저 떠오르는 풍경을 말해요. 자, 열, 아홉, 여덟, 일곱,
여섯, 다섯, 넷, 셋, 둘, 하나. 영…… 당신은 지금 어디
있습니까?

선희   길.

재영   낮입니까, 밤입니까?

선희   새벽.

재영   무엇을 하고 있습니까?

선희   사진을 찍고 있어.

재영   거기가 어디입니까?

선희   …… 프라하.

재영　누구하고 있습니까?

선희　혼자.

재영　어떤 기분입니까?

선희　…… (웃음을 참는다)

재영　어떤 기분입니까?

선희　…… 웃겨……

재영　자, 다시 시작할게요. 웃지 말고, 어깨에 힘 **빼요**. 눈 감아요. 쉼 호흡하고, 자, 처음 떠오르는 풍경 속으로 들어가요.

선희　…… 버스를 타고 가는 중이야.

재영　그곳은 어디죠?

선희　케냐.

재영　당신은 뭘 해요?

선희　나무를 찍어.

재영　나무?

선희　나무 한 그루. 황토 벌판에 나무 한 그루.

재영　누구하고 있어요?

선희　혼자.

재영　당신은 외롭습니까?

선희　…… 아니.

재영	자, 이번에는 사람들이 많은 곳을 떠올리세요. 자, 지금
	은 어디죠?
선희	사람들 속에.
재영	뭘 하고 있어요.
선희	구경해.
재영	사람들은 뭘 해요?
선희	폭죽을 터트려. 어떤 남자는 머리에 맥주를 붓고, 소리
	를 질러.
재영	당신도 기뻐요?
선희	기뻐.
재영	누구와 함께 있어요?
선희	가족.
재영	거기는 어디죠?
선희	베를린.
재영	당신은 뭘 합니까?
선희	사진을 찍어.
재영	사진 찍는 일밖에 한 일이 없군요.
선희	남편과 아이들을 잃었어. 사람들이 너무 많아서. 찾을
	수가 없어.
재영	당신은 뭘 합니까?

선희   전화.

재영   누구랑 통화합니까?

선희   남편.

재영   남편은 어디 있습니까?

선희   집.

재영   남편이 뭐라고 하죠?

선희   웃어.

재영   당신은?

선희   …… 울고 있어.

재영   당신은 행복합니까?

선희   ……

재영   당신은 불행하죠?

선희   ……

재영   당신은 더 이상 남편을 사랑하지 않죠?

선희   ……

재영   …… 바보군요……

선희   …… 안개…… 안개 때문에 길을 잃었어. 안개 때문에 길을 잃었다고 하니까 남편은 어이없이 웃었어. 안개는 운전할 때만 위험하다는 거야. 나는 소리쳤어. 당신은 몰라. 운전하지 않을 때도 안개는 위험해. 얼마나 위험한지 숨이 막혀. 구해줘…… 안개 때문에 숨 쉴 수가 없어.

재영 …… 남편이 뭐라고 해요?

선희 …… 향수병이래.

재영 …… 자, 당신의 안 좋은 기억이 있는 장소로 가요. 거기
에는 안개가 가득해요. 안개 속에 길 잃지 말고 열을 셀
동안 미리 가서 기다리세요. (열을 센다) …… 자, 당신은
어디 있어요?

선희 방.

재영 그곳은 어디예요?

선희 우리가 살았던 자취집.

재영 두 사람은 함께 있어요?

선희 아니.

재영 (호기심에 차서) 그는 누구죠?

선희 …… 그 사람은 없어. 나는 혼자야……

선희는 일어나 걷는다.

선희 이삿짐을 싸고 있어……

스크린에 푸른 안개가 번지는 화면이 뜬다.

선희 (침착하고 느린 목소리) 그날 꿈을 꿨어. 눈을 떴을 때, 날 내려다보는 얼굴을 보았지. 그 눈과 마주쳤어. 놀란 듯, 어리둥절한 듯, 동그란 눈, 민해였어. 저승에서 잠시 휴가 왔다가 갑자기 낯선 공간에 던져진 듯. 날 쳐다보던 그 애 얼굴. 죽은 사람은 나이를 먹지 않는 걸까. 민해는 단발머리 그대로 스무 살. 호기심 많은 그 표정 그대로였어. 그때, 누군가 문을 두드렸어.

스크린의 푸른 안개 점점 흐려진다.

선희 동기들이 왔어. 영미, 정호, 동우…… 십일월 늦가을의 안개는 재 냄새가 나. 죽음의 냄새. 난 이 냄새를 피해 다녔어.

푸른 조명 완전히 사라진다. 선희는 자신의 심연에서 벗어난다.

재영 왜 아무 말도 하지 않죠? 당신은 무얼 하고 있어요?
선희 사진을 찍어.
재영 당신 혼자서?
선희 민해와 나.

재영   두 사람은 함께 있습니까?

선희   아니.

재영   혼자 있습니까?

선희   아니.

재영   장난치지 마시고 바른 대로 답하세요. 당신은 누구와 함께 있습니까?

선희   혼자 있어. 하지만 혼자가 아니야. 민해는 스무 살이고 나는 마흔셋. 우리는 한때 스무 살이었는데……

재영   당신은 예전에 살았던 자취집을 찍어대고 있어요. 혼자서. 무슨 청승입니까. 누구나 조금은 과거 속에 자신의 영혼을 두고 옵니다만, 심해요. 집요하고. 복잡해. 스무 살에서 성장을 멈춰 버린 건가? 아하! 이제 균형이 맞아. 당신은 나보다 어려. 적어도 나는 스무 살을 지나왔으니까. 당신처럼 거기 박혀있지 않으니까!

재영은 침대에 반듯하게 눕는다.

선희   어쩌면 함께 갔는지도 몰라. 에딘버러. 공동묘지 이름이 영국의 성 이름이라는 게 웃기지? 십년이 지나도 동창들을 만날 용기가 없었어. 묘지 입구가 예전에도 두 군

데였다는 걸 친구들은 잊었나봐. 나는 학교가 있는 내혜
홀에 갔어. 산 하나가 사라지고 상가단지가 들어섰어.
하지만 예전에 민해가 자취했던 농가주택은 폐가가 되
었고, 내가 살았던 이층집은 무너지고 없었어. 황량한
벌판에 동네 하나가 사라졌고, 늪이었던 곳은 아파트단
지가 세워졌어. 넝쿨식물들이 기억을 포장하지 않았다
면, 촛불을 들고 내게 오는 민해를 보지 못했을 거야.

재영의 감정이 점점 격해진다. 선희는 천천히 뒷걸음친다.

재영   (천정을 향해 욕을 하듯이) 나는 연하가 아니야. 당신이 연하
야. 알겠어? 이제, 말 놓겠어. 더 이상 꼬박꼬박 존댓말
을 쓰지 않겠다구. 역겨운 연극은 집어치워. 솔직히 나
랑 자고 싶다고 말해. 그게 더 솔직해. 이기적이야. 이기
적이라고! 당신이 오고 싶을 때만 오잖아. 언제든지. 당
신 집도 몰라. 나는! ……알아? 내 집 전화번호 알지? 당
신 전화번호도 몰라. 나는! 내 집 주소 알지? 당신 주소
도 몰라. 나는! 여기는 내 방이야. 내 세계라고. 극단 사
람도 내 친구도 여기 온 적 없어. 당신은 내 세계를 침범
했어. 침략자야. 야금야금, 잠식해. 나는 당신 같은 여

자, 질색이야. 마흔이 넘은 여자는 섬뜩해. 그들은 교활
해. 젊은 여자처럼 순진해 보이지만, 아니야. 무표정한
얼굴은 늙은 여자의 심술을 숨기고 있어. 가족과 맛있는
음식 외에는 허락되지 않은 탐욕 때문에 스스로 망가지
는 여자야.

선희 (침착하고 느린 목소리) 내 인생의 처음과 끝은 어디일까. 실
수한 뜨개질의 흔적을 찾듯이 나는 그곳에 서 있었어.
지금까지 시간들을 다 풀어헤치고, 실수로 놓쳐버린 뜨
개질의 코를 찾듯이, 지금이라도 실수의 흔적들을 메울
수 있을까.

선희는 바닥에 천천히 주저앉는다.

재영은 일어나 선희를 본다.

선희는 무릎을 세우고 동그랗게 몸을 웅크린다.

마치 누에고치처럼 자신의 내면으로 갇힌 듯 선희를 비춘

조명이 점점 어두워진다.

재영도 선희처럼 무릎을 세우고 몸을 웅크린다.

재영을 비추던 조명도 점점 어두워진다.

4장. 과거의 시간

1986. 민해의 방.

어둠속에서 촛불을 들고 민해 혼자 노래하면서 등장한다.

민해   (노래한다) 마른 잎 다시 살아나 푸르른 하늘을 보네. 마른 잎 다시 살아나 이 강산은 푸르러.

민해의 노래 끝날 때 쯤 선희도 노래하며 민해의 뒤를 따라 촛불을 들고 등장한다. 그들은 노래 부르면서 무대 중앙에 놓인 앉은뱅이 상에 다가간다.

선희   (노래한다) 마른 잎 다시 살아나 푸르른 하늘을 보네. 마른 잎 다시 살아나 이 강산은 푸르러.

민해   유행가가 아니야. 축축 늘이지 마. 마른 잎이 다시 살아나려면 어떻게 해야겠어? 온 힘을 다해야 해. 강철 같은 힘으로 저항하듯이 불러. 탁탁 끊어. 힘을 주면서 탁탁. 마른 잎! 다씨! 살.아.낫! 푸룰룬 하.늘.을, 보네! 마른 잎! 다시! 살아나! 이! 강산은! 푸우르으러! 자, 다시 하

자. 주먹 쥐고, 눈에 힘줘. 아랫배 퉁겨! 뱃심으로 불러!

선희와 민해는 작은 상에 초를 내려놓는다.
민해는 주먹을 쥐고 박자를 맞춘다.

선희 (힘을 주려 하나 점점 감정에 도취된다) 마른 잎, 다시, 살아나 아…… 푸르른, 하날을 보네……

민해 또 늘어진다. 유행가처럼 부르지 마. 탁탁 끊으라고. 강 철같이 탁탁!

선희 알았어.

민해 억울하게 죽은 사람들의 혼이 살아나는 것처럼. 광주에 서 그렇게 많은 사람들이 죽었고, 또 내가 모르고 있었 다는 것이 얼마나 수치스러운지 아니? 그러니까 죽은 그들을 생각하면서 불러. 나의 노래가 그들을 다시 살릴 수 있다면. 어떻게 부르겠니?

선희 알았어. 마른 잎. 다씨. 쌀아나. 푸룰룬. 하날을 보네.

민해 잠깐. 하늘을 왜 하날이라고 해?

선희 내가 언제?

민해 하날을 보네. 이러던데.

선희 하늘럴 보네.

민해   (까르르 웃는다) 하늘럴 보네. 와 정말 웃긴다.

선희, 뽀루퉁 해서 양초를 불어 끈다.

민해, 선희의 얼굴을 살핀다.

민해   화났어?

선희   아니.

민해   (선희 기분을 풀어주려고) 양초 예쁘다. 이거, 남대문에서 떼

어다가 집집마다 판다는 거지?

선희   응. 영미가 제안했어.

민해   그런데, 어디 가서 파니?

선희   영미 말로는 공단 아파트에 가서 팔재. 월급 받는 사람

들이니까 시골 사람들보다 낫지 않을까?

민해   이거 얼마야?

선희   (가방을 열면 양초가 가득하다) 이런 건 500원인데, 1,000원에

팔고, 이건 1,000원인데, 1,500원에 팔아. 이렇게 큰 걸

사면, 500원 짜리 작은 양초를 서비스로 줄 수도 있고.

민해   작은 양초는 얼마니?

선희   300원.

민해   그럼, 내가 이거 두 개 살게.

선희   와! 고마워.

민해   그럼, 얼마를 팔아야 해?

선희   몰라. 2만원어치 샀는데, 재료비 해서 4만원 벌면 좋겠어.

민해   짭짤하네.

선희   서울 왕복 버스비에 밥값 빼면 만 원 정도 남을까?

민해   집에서 생활비 안 보내줘?

선희   보내주는데, 종로서적 가서 책 몇 권 사면 없어.

민해   얼마 주시는데?

선희   한 달에 5만원.

민해   와! 와!……와!

선희   한 학기 생활비를 한꺼번에 주셨어. 한 삼십만 원 정도.
       등록금이 60만원이니까, 또 오빠도 대학 다니니까 힘들
       어. 근데 말야, 고등학교 때 단짝이 등록금이 이십만 원
       부족하다길래 꿔줬는데, 안 갚는다.

민해   와! 와! 와!

선희   왜 자꾸 와와 그러는데?

민해   놀라워서.

선희   (자존심 상해서 망설이며) 너는 한 달에 얼마 받는데?

민해   …… 20만원.

선희   (갑자기 화나고 기막혀서) 와! 와! 와! 너, 이거 다 사! 그렇게

많이 받으면서 밥은 왜 맨날 굶고 다니는데!

민해   형들 밥 한 번 사주면 없어.

선희   그 형들, 나는 시골 출신에 가난하니까 아예 끼워 넣지
도 않았구나.

민해   무슨 말이야? 형들 조른 건 나야.

선희   ……

민해   대학생들 과외 금지잖아. 운동하느라 장학금도 못 받지.
형들 매일 굶으면서 운동한다. 너 그거 얼마나 위험한지
아니?

선희   저번에도 술 샀다며?

민해   술로 끼니 때운 거지. 사람들이 너무 많으니까.

선희   20만원 생활자가 5만원도 안 되는 돈으로 양초 팔아 근
근이 사는 친구한테 허구 헌 날 밥 얻어먹는다는 거 이
상하다.

민해   화났어?

선희   아니…… 이해하려고 노력중이야.

민해와 선희는 말없이 양초만 바라본다.

민해   사람들이 살까?

선희	선물로 사지 않을까? 크리스마스가 제철인데, 그때를 대비해서 미리 사 놓지 않을까.
민해	너라면 이런 거 사고 싶어?
선희	(엉겁결에) 아니…… 하지만 선물 받으면 좋을 거야.
민해	선물로 받으면 좋지. 이렇게 예쁜데. 하지만, 선물 사는 사람이 이걸 사줘야 할 텐데. 너라면 이런 걸 선물로 사겠어?
선희	…… 아니.
민해	너무 신기하다. 어떻게 양초 팔 생각을 다 했어. 영미는 양초를 좋아해?
선희	…… 그런 거 같애.
민해	예쁘긴 해. 나라면 양초는 안 팔 거야. 차라리 책을 팔 거야. 한국의 위인전집. 이런 거 있잖아. 엄마들은 그런 걸 탁 사놓고, 교육에 참 신경 쓰는 엄마예요. 하면서 폼 잡기 좋아하거든.
선희	그 일은 어떻게 하지?
민해	출판사에 취직해야겠지? …… 다른 아르바이트는 없을까? 예를 들면, 학교 식당에서 밥 퍼주는 거. 재영이 형 한동안 그거 했는데. 부탁해볼까?
선희	성적이 좋아야 한대. 경쟁도 치열하고.

민해   재영이 형 잘렸구나. 성적이 나빠서.

선희와 민해는 비로소 웃는다. 선희 일어나 방을 둘러본다.

선희   세 번째 사람은 만났어?
민해   응.
선희   누구야?
민해   비밀.
선희   에이, 너무한데.

선희 무대 뒤쪽 작은 방문 앞에 선다.

선희   다락도 있네.
민해   열지 마.

선희는 이미 다락문을 열었다.
다락은 검푸른 조명, 찬바람이 몰아친다.

선희   넓다.
민해   올라가지마!

선희	숨어있기 좋네.
민해	내려와!
선희	여기도 이불이 있네.
민해	빨아야 하니까.
선희	그럼 빨아야지 왜 다락에 올려놨는데?
민해	⋯⋯
선희	우리 집에도 다락이 있는데, 숨어 있기 좋아.

선희가 민해 앞에 돌아와 서면 민해는 굳은 것처럼 서 있다.

민해	선희야.
선희	너 혼자 살기에는 너무 크다.
민해	선희야.
선희	왜?
민해	부탁이 있어.
선희	뭔데?
민해	앞으로 내 방에 오지 마. 여기서 비밀회의도 하고 스터디도 하니까. 다들 신분이 노출되면 안 되거든. 내가 여기 산다는 말, 비밀로 해 줘.
선희	⋯⋯ 그래.

민해   대신 내가 갈게. 야행성이라 한밤에 갈지도 몰라. 그래
　　　　도 되지?

선희   (여기 저기 둘러보며 순순히) 그래. 난 괜찮아. 지킬 비밀도 없
　　　　는데 뭐. 나는 너한테 가고 싶어도 참아야 하고, 너는 언
　　　　제든지 나한테 올 수 있고. 친구니까 참지. 애인이라면
　　　　안 참을 거야.

민해   미안.

선희   너는 대학 와서 첨 사귄 친구야, 난 단짝 친구가 생기면
　　　　다른 친구들은 잘 못 사겨. 너는 친구도 많고 아는 선배
　　　　도 많고, 나 하나쯤 있어도 그만 없어도 그만이겠지.

민해   선희 또 삐졌구나.

선희   기숙사 신청 못해서 자취하게 된 어정쩡한 신입생인거
　　　　말고 너하고 나는 너무 달라.

민해   (선희의 허리를 껴안는다) 배고프면 너가 생각나. 왜 그럴까.

선희   간지러워!

민해와 선희는 침대에 넘어진다.

선희   침대 샀니?

민해   원래 이 방에 있던 거야.

선희는 몸을 구르다가 한 곳에 시선을 멈춘다.

선희   (구겨진 침대보를 본다) 너 지금 그거 하니?

민해   아니.

선희   빨아야겠다.

민해   안 빨 거야.

선희   이거, 그거 아니니?

민해   그거, 그거 아니야.

선희   코피 났니?

민해   (빙긋이 웃는다) 코피도 아니야.

선희   그럼, 뭐야?

민해   ······ 모르니?

선희   그거도 아니고 코피도 아니면 뭐야? ······

민해는 침대보를 홀홀 걷어 반듯하게 접는다. 선희는 멍하니 민해의
행동을 지켜보기만 한다. 민해는 침대보를 소중하게 접어서 침대 머
리맡에 놓는다.

민해   영원히 안 빨 거야.

선희, 이해할 수 없는 표정으로 민해를 보고, 민해는 선희를 보고 미소만 짓는다. 민해, 선희를 손짓한다. 선희는 민해에게 다가가 침대에 걸터앉는다.

민해는 사진을 보여준다.

선희 와! 재영이 형 제임스 딘 같다.

민해 잘 찍었지?

선희 나, 정말, 선생 같다. 저기 낙도 분교 같은데 발령받은……

민해 너와 형은 또렷하게 나왔는데, 나만 흐리게 나왔어.

선희 내가 잘 못 찍었나봐.

민해 형이 찍어준 것도 그래.

민해 다른 사진을 건넨다.

선희 그러네……

민해 학교괴담에 이런 거 있잖아. 단체사진을 찍었는데, 한 명이 더 있어. 알고 보니 일 년 전에 죽은 학생이었다. 그런 이야기.

선희 다리는 없고 얼굴만 동동……

민해   이상해.

선희   봐. 네 다리 여기 있잖아. 어, 내 다리가 없잖아 내 다리 내놔. 내 다리 내놔. 흐흐흐.

민해   그만해.

선희   겁쟁이.

민해   나 정말 무섭단 말야.

선희   배고프다. 내 방 갈래? 햅쌀로 밥해줄게.

민해   밥? 언제 먹었더라?

선희   김치밖에 없는데.

민해   김치! 침 고인다. (노래 가락처럼 흥얼거린다) 김치 안 먹은 지 너무 오래. 밥 안 먹은 지도 너무나 오래.

선희   초는 꺼야지?

민해   아니, 그대로 둬.

선희   불나.

민해   불 꺼진 방에 오는 거 싫어.

선희   스탠드를 켜.

민해   그럴까?

민해가 스탠드를 찾을 때 선희는 촛불을 불어 끈다.

5장. 1986년 선희 방

어둠 속에서 작은 스탠드가 켜진다.

잠옷을 입은 선희.

앉은뱅이 상에 앉아 심각한 표정으로 책을 읽는다.

선희 순수함이란 어제가 사멸함으로써만이 생겨난다. 우리는
어제의 찌꺼기, 어제의 조각에 매달리고 있는데, 바로
그것이 정신을 한 장소에 고정시키고, 시간으로 속박해
버리는 것이다. 그러므로 시간이란 순수성의 적이라고
볼 수 있다. (공책에 베껴 적는다) 순수함이란…… 어제
가…… 사멸함으로써만이……생겨난다…… 크리슈나무
르티 명상록…… 자유 속으로 날다.

창문을 두드리는 소리…… 한 번 더 두드린다. 무대 구석에 웅크리고
앉은 남자의 모습.

선희 누구세요?

남자 지, 괜찮으시다면, 이야기 좀 나눌 수 있을까요?

선희	왜요?
남자	불 켜진 방이 여기밖에 없네요, 저, 나쁜 사람 아닙니다. 너무 외로워서요. 이야기하고 싶은데 다들 자거나 떠나고 저만 남아서요. 저는 외대 학생입니다.
선희	혼자 있어서 곤란해요.
남자	그럼, 잠깐 여기 앉았다 가도 될까요? 너무 외로워서요.
선희	안 되요. 가세요.
남자	아무 말도 안 하고 잠깐만 앉았다 갈게요.
선희	……

선희, 일어나서 몰래 창문을 내다보듯이 관객 쪽을 바라본다.

남자	크리슈나무르티의 글 좋아하세요.
선희	예.
남자	저도 좋아해요. 그 책을 읽으면 영혼이 맑아지는 것 같아요. 군대있을 때 많이 읽었죠. 법정스님의 '무소유'란 책도요. 한때 도를 닦는 것도 괜찮겠다 생각했죠. 나 자신도 못 구하는데 민중을 해방시킨다는 게 위선 같고……
선희	……

남자   사실은, 오늘 애인이 떠났어요. 일 년 동안 동거했는데, 짐 싸들고 완전히 떠났어요. 도저히 빈 방에 못 들어가겠어요…… 지금 몇 시죠?

선희   2시 20분요.

남자   이 시간까지 왜 자지 않습니까?

선희   ……

남자   공무원 시험준비 하십니까?

선희   아니요.

남자   영어공부 하십니까?

선희   …… 아뇨…… 이제 가세요. 저 자야해요.

남자   죄송합니다. 누구하고든 말하지 않으면 제가 미칠 것 같습니다. 애인한테 다른 남자가 생긴 것 같아요. 질투 때문에 제가 미친 거죠. 그녀를 때렸어요. 제가 왜 그랬을까요? 절 만나서 무척 고생했거든요. 연희는, 어디 가서 말하지 마세요. 연희는, 이 학교 학생이 아닙니다. 저 때문에 휴학하고 저랑 살았어요. 제 자취방에. 아기도 세 번 유산했고요. 제가 나쁜 놈이에요. 저, 이제 어떡합니까? 예?…… (운다) 제가 나빴어요. 연희가 떠나길 바랬어요. 저 자신도 힘든데, 연희까지. 책임질 수 없었어요. 그래서 일부러 정을 뗀 겁니다. 나쁜 놈, 비열한 놈. 연

75

희야. 아, 연희야. 용서해라. 연희야.

남자 목소리는 울부짖음으로 바뀌고, 선희는 깜짝 놀라 스탠드를 끈다. 남자는 벽까지 치면서 운다. 그러다가 남자는 울음을 뚝 그친다.

남자 (침착하게) 죄송합니다…… 정말, 죄송합니다…… 만약 댁이 불을 켜 놓지 않았다면, 저는 오늘 자살했을지도 모릅니다. 당신은 제 생명의 은인입니다. 내일부터는 절대 이런 일이 없을 겁니다. 부디 행복하십시오. 그럼, 안녕히 계십시오.

멀어지는 발소리. 아득하게 개 짖는 소리 컹컹 울린다.
희미한 어둠 속에서 선희가 한쪽 구석에 웅크리고 앉은 모습이 보인다.
다시 창문을 두드리는 소리.
선희는 꼼짝 않는다.
다시 창문을 두드리는 소리.
여전히 선희는 대답하지 않는다.
여자의 기침소리.
선희 일어나 귀를 기울인다.

민해　(소리) 선희야. 자니? (기침한다)

선희　아니. 안 자.

선희, 스탠드를 켜고, 무대 뒤로 나갔다가 되돌아오면, 병색이 도는
민해가 들어온다.

민해　미안. 자는 거 깨웠지?

선희　아니. 안 잤어. 잘 왔어. (갑자기 민해를 끌어안는다) 정말, 잘
　　　　왔어.

민해　배고프다.

선희　잠깐만 기다려.

선희가 밥솥에서 밥을 푸고 김치를 놓고 냄비도 가져온다.

선희　낮에 주인아주머니가 육개장 줬어. 데워올까?

민해　아니. 밥이 따뜻하니까 말아먹음 돼.

민해는 밥을 말아 허겁지겁 먹는다.

선희는 그런 민해를 가만히 본다.

민해　못 먹겠다. 먹기 전에는 다 먹을 것 같더니…… 금방 배 부르네.

선희　겨우 서너 숟갈 먹었는데?

민해　요즘 이상해. 배가 무지 고픈데, 한 숟가락만 먹어도 배 불러.

선희　하도 안 먹으니까 위가 쪼그라든 거야.

민해　(가방에서 카메라를 꺼내 준다) 니콘 에프엠 투. 비싼 거다. 그 동안 먹은 밥값이야.

선희　밥값은 무슨 밥값이야.

민해　요즘 자동으로 좋은 게 많아. 그건 수동식이라 불편해. 대신 돈 좀 빌려줘.

선희　돈?

민해　십만 원만.

선희　돈이 왜 필요한데?

민해　신문 봤니? 건대 사건. 대학생 한 명이 분신자살 했어. 혹시 이름이 나올지도 몰라. (기침한다) 신문 없어? 참, 없 겠다. 내일 새벽에 읍내 가 봐야겠어. 새벽신문이 나올 테니까. 십만 원 있어?

선희　아니. 삼만 원밖에 없어. 양초말야. 고생만 하고 본전도 못 건졌어.

민해	그거라도 안 될까? (카메라를 가리키며) 저거 남대문 가서 팔면 삼십 만원은 받을 거야.
선희	그렇게 비싸?
민해	삼만 원이라도 빌려 줘. 내일 새벽 건대를 가야겠어.
선희	아파서 안 돼. 가지 마.
민해	옥상에서 며칠째 버티고 있어. 걔네들 추울 거야! 배도 고프고. 나는 따뜻한 방에서 자지만…… 분신한 학생 이름이 안 나와! 뉴스에도! 이름을 알고 싶어! 정말, 알 수 없을까? (기침한다) 기침하면, 배가 당겨. 뱃가죽이 등짝에 붙었다는 말 알지? (웃는다) 지금 내가 그 꼴이다. (기침한다)
선희	잠깐만. 꿀 차를 탈게.

커피포트의 플러그를 꽂는다.

민해	괜찮아. 감기약 먹으면 돼. (일어난다) 삼만 원만 빌려 줘.
선희	벌써 가려고? 내 방에서 자. 가다가 이상한 남자 만나면 어떡해.
민해	싫음 관둬.
선희	아니. 잠깐, 잠깐만……

선희는 가방에서 돈을 꺼내고 민해는 계속 기침을 한다.

민해   아프지만 않았어도 거기 있을 텐데. 내가 왜 여기 있지.
빨리 가봐야겠어. 이름을 알아야 해. 죽기 전에 봐야할
텐데. 얼마나 뜨거울까.

선희   (동전까지 털어서 민해를 준다) 여기, 삼만 원이야.

민해   고마워. 담에 줄게.

선희   (카메라를 준다) 이거 가져가.

민해   너 가져.

민해가 퇴장하면, 선희는 카메라를 살펴본다.
커피포트의 물이 끓는다.
선희는 천천히 다가가서 커피포트의 플러그를 빼고,
스탠드의 불을 끈다.
암전과 함께 음악.

6장. 지하방

슬라이드 환등기에 사진이 하나씩 지나간다.

배우 재영의 다양한 포즈들이다.

그러다가 재영의 흑백 사진이 마지막으로 보여진다.

선희는 슬라이드 환등기를 끈다.

재영   사진, 괜찮은데요! 반항아 같죠? 담배 꼬나물고 셔츠 칼라 세우고 미간 찌푸리고 누군지 잘 생겼네. 디카프리오 닮지 않았어요? 저.

선희   …… 좀 닮았네.

재영   사진 속의 제 모습을 보면 제가 아닌 다른 영혼을 찍은 거 같아요. 그런 생각 안 들어요?

선희   그런 거 같아.

재영   사진 찍을 때 보면 딴 사람 같아요.

선희   너를 찍는 순간 너를 사랑하는 거야.

재영   그러다가 다른 피사체로 금방 옮겨 가겠네요.

선희   슬픔을 끝내기 위해서는 열정이 필요하지. 그것은 도피를 통해서 얻어지는 것이 아니라 도피를 그만 둘 때, 생긴다지.

재영   가만히 보면 슬픔을 즐기는 것 같아요.

선희   예민해서 그래.

재영   자, 이제 사진도 다 찍었고, 다시는 안 올 건가요?

선희   그래.

재영   정말이죠? 그 말 후회하지 않죠?

선희   그래.

재영   잔인해.

재영은 선희를 끌어안고 키스를 한다.

선희도 재영을 끌어안는다.

재영   키스 어디서 배웠어요?

선희   ······

재영이 다시 선희에게 키스하려 하면 선희 뒤로 물러선다.

선희   너는 어디서 키스를 배웠니?

재영   왜요? 알고 싶으세요?

선희   연인들이 키스할 때 두 사람만 키스한다고 생각하니?

내가 너와 키스하는 건 너와 사겼던 여자들과 키스하는 거야. 너는 내가 사겼던 남자들과 키스하는 거고. 그러니까 내 키스의 역사 따위는 묻지 마.

재영 환상을 깨네.

선희 …… 중독될 거야.

재영 제가요?

선희 아니. 나.

재영 (웃는다) 그럼 뭐 어때서요?

선희 무섭지 않니?

재영 왜 무서워요?

선희 사랑은 죽음이니까.

재영 왜 죽음이죠? 사랑은 삶이고 에너지고 생명인데.

선희 나는 너를 다 가질 거야. 너를 모조리 먹어 치울 거야. 너를 해부하고 너의 오장육부를 다 훑어 버릴 거야. 너를 거꾸로 들어서 벼랑위에서 흔들고 너를 갑자기 후려칠 거야. 만약 하룻밤 파트너를 찾는다면 나이트클럽에 가봐. 그 여자들이 찾는 건 너의 몸이지 영혼이 아닐 테니까!

재영 와! 놀라운데요. 내 영혼을 가지고 싶다고요?

선희는 슬라이드와 슬라이드 환등기를 정리하여 가방에 담는다.

재영은 선희의 팔을 잡는다. 선희는 재영의 손을 뿌리친다.

재영은 재빨리 선희의 두 팔을 잡는다.

재영　늘 제멋대로세요?

둘은 서로 바라본다.

재영　가지 말아요. 올 때는 마음대로 왔지만 가는 건 마음대로 갈 수 없어.

선희　……

재영　키스해도 되죠?

선희　……

재영　키스를 누구한테 배웠느냐는 말 때문에 화났어요? 화 풀어요. 네?

선희는 재영의 얼굴을 양손으로 감싼다.

선희　왜 날 원하니?

재영　마흔이 넘은 유부녀를 좋아하는 노총각에게 이유가 필요한 건가?

선희 필요해.

재영 이유 같은 건 없어.

선희 이유 없는 사랑은 없어. 이유 없는 죽음도 없고!

선희는 돌아서서 카메라 가방을 챙긴다.

재영 그렇게 똑똑해?

선희 깊은 상처는 깊은 사랑을 할 수 있다는 걸 의미해.

재영 당신 그렇게 똑똑해?

선희 사막에서 낙타가 죽기 전에 뭘 먹는지 아니? 가시투성이 낙타풀이야. 가시에 찔린 혓바닥에서 흐르는 피를 마시기 위해서야.

재영 제기랄! 낙타가 뭘 먹는지 상관없어.

선희 너는 내가 없어도 살잖아.

재영 살아있지만 죽은 삶.

선희 누구 대사니?

재영 똑똑하니까 아실 텐데.

선희 농담하지 마.

재영 농담은 댁이 먼저 한 거야. 그러니까 내가 낙타풀이라는

거지? 당신은 상처가 필요하고. 묵은 상처를 지우기 위
해 새로운 상처가 필요하겠군! 자, 날 씹어!

재영이 억지키스를 하려고 한다.
선희는 고개를 획 돌린다.
재영은 순순히 물려난다. 입에는 조소를 품고 있다.

재영 나태한 정신을 이런 식으로 팽창시키는가보지? 사모님.
제비 한 마리 키우시죠!

선희 (수치심에 얼굴이 붉어진 채 감정을 억누르며 또박또박 말한다) 살기
위해, 사랑하는 거야! 살기 위해, 사랑하지, 않는 거고!
그걸! 니가, 어떻게 알겠어!

재영 (재영은 선희의 어깨를 움켜잡는다) 난 모르지. 흉내만 내는 배
우니까! 하지만 이것만은 알아! (손가락으로 선희 눈을 가리키
며) 이 눈에는 내가 없어! 넌 비겁한 겁쟁이야!

선희는 재영을 뿌리치고 재영을 중심으로 빠르게 원을 그리며 빙빙
돌다가 느려진다.
음악이 흐른다.
조명이 바뀐다.

선희의 독백은 과거의 기억과 겹치고, 배우 재영은 과거의 재영이 형으로 바뀐다. 배우 재영은 과거의 재영이 형이며 동시에 현재의 배우 재영이다.

선희   민해가 죽던 날은 안개가 짙었어. 새벽 2시. 민해가 가끔 밥 먹으러 오던 시간. 민해를 기다리다 민해 집으로 갔어. 칠이 벗겨진 파란색 대문. 언제나 굳게 닫혀있던 대문이 그날따라 반쯤 열려 있었어. 저승처럼 검은 안개를 가득 물고. 민해가 오지 말라고 했으니까 들어가지 않았어. 민해의 부탁은 나를 안심시켰어. 나는 휘말리고 싶지 않았어. 운동권이 되고 싶지 않았어. 불나방처럼 뛰어드는 민해를 배부른 자의 사치라고 생각하면서, 구경했어! 그래, 난 비겁해! 하지만 민해한테 가고 싶었어. 마치 민해가 부르는 것처럼.

선희는 무대 뒤 열려진 문 앞에 이른다.
문 안은 저승의 입구처럼 어둡다.
흐린 빛을 등진 선희는 문 안으로 한 발 내디뎠다가 거두기를 반복한다.
안개가 무대 양쪽으로 자욱하게 올라온다.

뒷걸음질 치는 선희.

열린 문에서 멀어진다.

선희   다음 날 아침에 여대생이 자살했다는 동네 사람들의 소리를 들었어. 그리고 영미가 찾아왔어. 난 너가 죽은 줄 알았어. 영미는 왜 내가 죽었다고 생각했을까. 민해가 내 옆집에 자취했다는 걸 아무도 몰랐기 때문일까. 사람들은 늪지 동네에 자취하는 신입생은 나밖에 없다고 여긴 건지 나와 민해를 혼동했어. 그러니까 나 대신 민해가 죽었다는 생각이 들었어. 만약 그날 열려진 대문으로 들어갔다면 민해를 살릴 수 있었을까? 사인은 감기약 부작용이라는데 감기약을 잘 못 먹으면 죽는 걸까. 사람들은 누군가 민해를 죽였을 거라고 했어. 악랄한 데모 짭새가 몰래 죽였을 거라고. 민해는 내게서 빌린 돈 삼만 원을 다 쓰지 못하고, 그렇게 궁금했던 건대에도 가지 못했어.

재영이 탁자에 앉아 다리를 떨고 있다. 선희가 다가간다.

선희   형이 민해를 저렇게 만들었어! 생활비도 운동권에 바치

게 하고 빈 속에 술로 배 채우고 죽게 만들었어! 형은 죄
책감을 느껴야해! 생활비 많이 받는 부자 집 여자애들만
밝히는 마초 집단 같으니라구! 형은 부르주아가 되고 싶
은 속물이야!

재영 말이 심하다.

선희 아니. 심하지 않아.

선희가 걸어가면 재영이 따라와 팔을 잡는다.

재영 잠깐만. 이야기 좀 하자.

선희 민해 시체를 봤어! 형도 봐! 형도 봐야 하잖이!

재영 뭔가 오해하나 본데

선희 오해? 오해라고 생각해?

재영 그래. 나는 민해를 운동권으로 끌어들인 적이 없어!

선희 그럼, 민해가 왜 그렇게 된 건데!

재영 몰라. 나 운동권도 아니야. 누가 민해를 끌어들인 건지
나도 모르겠다.

둘은 나란히 선다.

선희 영안실에 도착했을 때, 염하는 아저씨가 민해 시체를 보여줬어. 시퍼렇게 멍든 얼굴이 드러났어. 영미가 말했어. 왜 이렇게 파래? 학생들 잘 봐둬. 잘 먹고 죽은 시체는 때깔도 좋지. 약 잘 못 먹고, 오래 굶으면 이렇게 돼. 염하는 아저씨가 말했어. 이렇게 불쌍한 시체는 처음 본다고……아아. 우리는 보지 말았어야 했어…… 11월 늦가을 밤. 안개에 젖은 플라타너스 잎들이 툭. 툭. 툭…… 누군가의 육체가 피지도 못하고 시들고 그의 삶도 동시에 꺼져버린 걸 난 보았어. 스무 살 늦가을 밤은 죽음과 같은 의미가 되었어. 죽음이 삶 속에 갑자기 개입되었다는 걸 증명하듯이 민해는 순식간에 사라졌어. 하지만 밤이 되면 민해는 내 자취방에 찾아왔어. 이승과 저승을 혼동한 건지 한동안 민해는 창문을 두드리면서 내 이름을 딱 한 번만 불렀어. 선희야.

선희가 무대 끝으로 걸어가면, 재영이 형도 무대 끝으로 선희를 따라간다.
다시 선희가 무대 뒤 중간 쯤 앉은뱅이 상 앞에 서면 재영이 형도 선다.
조명이 바뀐다.

재영　죽은 민해가 어떻게 돌아 오냐. 기가 허하면 헛소리가 들려. 밥 많이 먹고, 잠 많이 자. 그럼, 괜찮아진다. …… 나, 간다.

선희　(절박하게) 형, 잠깐만. 차 마시고 갈래?

재영　아니…… 타 주면 좋고.

재영은 앉은뱅이 상 앞에 앉아 다리를 덜덜 떤다.
선희는 커피포트의 플러그를 전원에 꽂는다.
사이.
둘은 어색하게 앉는다.

재영　여자 방이 왜 이러냐?

선희　(둘러보며) 어째서?

재영　하다못해 갈대라도 꺾어놓던지. 우리 엄마랑 똑 같다. 엄마는 커텐같은 걸 왜 다냐고 할 정도니까. 생존에 필요한 거 외에는 가치가 없는 거지. 우리 아버지는 라도 출신이고, 엄마는 상도출신이거든. 삶에서 야술을 추구하는 사람과 실용주의자가 만나서 상호보완하고 살면 아주 스무스한데…… 감정표현도 한쪽은 야술적인데, 한쪽은 분명해서 분위기 깨는 거지.

선희   형은 어느 쪽이야?

재영   때론 야술, 때론 현실, 왔다 갔다 한다.

커피포트의 물이 끓으면, 선희는 꿀 차를 탄 겁만 달랑 준다.

긴장한 재영은 꿀 차를 단숨에 마시다가 혀를 댄다.

재영   앗 뜨거. 이게 뭐냐.

선희   꿀 차.

재영   아, 뜨거운 줄 몰랐다.

선희   커피포트 물 끓는 거 못 봤어? 형도 야술적이지 못하네.

재영   아, 아, 아…… 혀가 익어서 키스도 못 하겠네.

선희   …… 누구, 사겨?

재영   (혀를 내어 식히며) 사귀긴, 누굴 사귀냐. 아…… 아, 뜨
        거……

선희는 일어나서 가디건을 벗는다

선희가 손수건으로 머리를 묶을 때, 재영은 선희를 옆 눈으로 힐끗
본다.

갑자기 재영이 일어난다.

재영 잘 마셨다.

조명이 어두워진다.

선희 (다급하게) 형. 조금만 있다 가…… 무, 무서워.

재영 서울 가는 막차 끊어지기 전에 가야지. 어디 빌붙어서 잘 데도 없다. 엄마가 계속 외박하면 쫓아낸단다.

재영, 돌아선다.

선희 막차가 몇 시에 있는데?

재영 11시 40분.

선희 늦었네. 저 시계 삼십 분 느린데.

재영 야, 삼십 분이나 늦어?

선희 응.

재영 어떡하냐? 강의실은 추워서 못 자겠고, 안형은 집에 갔을 텐데 (갑자기 선희의 이마를 살짝 쥐어박는다) 야, 너가 이상한 소리만 안 했어도……

커피포트의 물이 다시 끓기 시작한다.

선희   여기서 자도 되는데……

재영   정말, 괜찮냐?

선희   선만 넘지 않으면. 형은 저쪽에 나는 이쪽에. 불 끌게.

재영   끄지 마.

선희   불 안 끄면 나 못 자는데……

재영   그래? 그럼 꺼.

재영과 선희는 앉은뱅이 상을 가운데 두고 멀리 떨어져서 관객을 향

해 앉는다. 조명 어두워지고, 선희와 재영만 스포트라이트로 흐리게

비춘다.

선희   형, 자?

재영   자꾸 말 걸지 마. 잠이 안 오잖아!

선희   생각해 보니 그쪽은 냉골이야. 이쪽이 따뜻해. 추우면
        이쪽으로 와.

재영   제기랄!

재영은 벌떡 일어나 선희에게로 다가가 곧바로 키스를 한다.

그들의 키스는 어색하지 않고 자연스럽다.

오래 사귄 연인들처럼 익숙하게 키스한다.

재영   키스, 어디서 배웠냐?

선희   …… 배운 적 없어.

재영   왜 이리 잘하냐?

재영은 다시 선희와 키스를 하려고 한다. 그때, 창문을 두드리는 노크소리.

둘은 흠칫하며 멈춘다. 바람소리.

민해   (소리) 선희야.

사이.

선희   형, 들었어?

재영   몰라! 야, 너는 못 들은 척 하면 안 되냐?

선희   나, 거짓말 한 거 아니지?

재영   거짓말이야. 어디 죽은 사람이 찾아오냐. 어쨌든 이사 가라.

선희   형도 들었잖아.

재영   내가, 언제? 나가서 확인하고 올게.

선희   (설박하게 팔을 잡는다) 가지마! 형……

재영　아파. 너무 꽉 잡지 마.

선희　(손을 놓는다) 미, 미안.

재영　(어깨를 다독인다) 확인하고 올게. 누가 장난칠 수도 있잖아.

재영은 일어나서 무대 밖으로 나간다.

무대 밖에서 불어오는 바람이 무대 안을 휘감아 돈다.

음악이 흐른다.

조명이 긴 강둑을 만들어 놓는다.

선희는 가디건을 걸치고 묶었던 머리를 풀고 그 길을 걸어간다.

선희　새로 이사 간 자취집은 긴 둑길을 걸어가야 했어. 늘 비어 있던 하천 바닥을 건너, 언덕 위의 하얀 집에 살게 되었어. 조용필은 베고니아 화분이 놓인 우체국 계단을 노래하고 코리아나는 손에 손 잡고를, 지루하도록 반복하던 88올림픽이 열리던 해. 재영이 형은, 어찌된 일인지 진짜 운동권이 되었어. 가끔 최루탄 냄새를 풍기며 찾아왔어. 다리를 떨지도 않았고, 농담도 하지 않았어. 그 해 여름은 강수량이 많아서 하천에 물이 가득했었지. 그리고 다시 가을이 왔어. 새들이 추락하는 것처럼 뚝뚝 떨어지던 플라타너스 잎들, 안개, 안개, 안개……

조명이 바뀌면, 우산을 들고 뒤따라오는 재영이형.

선희는 멈춰 서서 기다린다.

재영 안개 봐라. 길 잃겠어. 이런 날은 일찍일찍 가야지.

선희 (우산을 받아든다) 고마워.

재영 오늘은 집에 갈 거야. 잘 자.

선희 키스하면 안 될까?

재영 키스 못하고 죽은 귀신이냐?

선희 응.

재영은 선희의 뺨에 살짝 입술을 댄다.

어리둥절해 하는 선희의 어깨를 가볍게 치고 돌아선다.

선희 (다급하게) 오빠, 안 가면 안 돼?

재영 왜?

선희 그냥. 가지 마.

재영 이제 그만 해라. 나 좀 놔 줘.

선희 (갑자기 재영의 손을 놓는다) 민해 때문이지! 민해랑 잔 게 오빠
였지?

재영 나, 너. 다신, 안 봐!

재영은 돌아서서 달린다.

선희   그래! 보지 마! 다시는 내 앞에 나타나지마! 영원히 보지
마!

재영이 무대 뒤로 퇴장하고, 선희는 멍하니 서서 관객 너머 멀리 쳐
다본다.

선희   그게 마지막이었어. 재영이 형을 다시는 볼 수 없었지.
갑자기 사라진 사람을 찾는 것처럼 속수무책인 건 없어.
아무도 재영이 형이 사라질 거라는 걸 몰랐어. 다시 만
날 약속들을 했으니까. 졸업하고서도 일 년, 우산을 돌
려주려고 둑길에서 기다렸어. 하천은 바닥이 드러났고
때로는 흙탕물로 가득했어. 다음해 학생회장이 거문도
해안에서 익사체로 발견되었어. 실족사라지만 국가안전
기획부가 개입되었다는 의혹이 제기되었어. 해명되지
못한 죽음은 그 뒤로도 오래 계속되었지…… 도망쳤어.
어디를 가든지 여기를 벗어날 수 없어! 아니 어디서든
이곳을 만났어! 인도나 티벳, 캄보디아 하천에서 이곳
하천을 만나듯이, 프라하의 골목에서 이곳 안개를 만나

듯이, 광기는 어느 날 갑자기 날 팽겨쳤어! 너의 목소리.
너의 혓바닥. 어디서든 시든 육체. 플라타너스, 늪……
안개!

배우 재영이 여행가방을 들고 등장한다.

재영   당분간 저도 한국을 떠나겠어요. 서른 중반이 넘었다는
       걸 심각하게 생각해야죠. 내 나이에 마누라도 없고, 애
       도 없고, 집도 없고, 차도 없어요. 그렇다고 유명하지도
       않아……

선희   언제 돌아오니?

재영   몰라요.

선희   알고 싶어.

재영   말한 적이 없잖아 댁도!

선희   말하고 떠나! 말해야 해! 언제 오는지, 언제 가는지! 떠
       날 사람도 보낼 사람도 마음의 준비를 해야지! 너가 열
       었던 문, 너가 닫고 가! 나쁜 자식!

재영   욕했어요? 저한테?

선희   준비될 때까지 기다려줬어! 그런데 너는 지금 나한테 기
       습공격을 하고 있어!

재영 　자, 이제 이별식을 하겠습니다. 준비하시고 쏘세요.

선희 　언제 오니?

재영 　싫어요.

선희 　말해.

재영 　왜 말해야 되죠? 당신의 장난감이 아닙니다 나는!

선희 　말해야 해! 이번에는 내가 들을 차례야!

재영 　말하면 뭐가 달라지죠?

선희 　달라져! 나는 받아들이고 이해할 거야! 이별의 크기를
　　　측정하고 그 크기만큼 애도할 거야!

재영 　애도? 제가 죽었나요? 당신의 개인적 연애담에 희생양
　　　이 필요했군요. 자, 애도하세요. 충분히 애도하시죠. 처
　　　음부터 죽은 친구는 없었어!

선희 　아니야.

재영 　댁이 꾸며낸 환상에 날 집어넣고 롤러코스터를 태운 거
　　　야.

선희 　아니야. 내가 나를 롤러코스터에 태웠어. 지난 이십 년
　　　동안!

재영 　제기랄 엿 같아!

선희 　…… 내 기분이 엿 같다는 걸 알겠구나!

재영 　이별식을 위해 엿 한 박스를 주문하겠습니다.

재영은 선희 앞을 지나간다.

선희는 재영의 팔을 잡는다.

재영은 선희의 손을 떼어내려 한다.

선희는 재영을 더욱 움켜잡는다.

재영은 선희의 손을 주먹으로 친다.

그래도 선희는 재영의 손을 놓지 않는다.

재영은 광적으로 늪에 빠진 사람처럼 선희의 손을 주먹으로 때린다.

재영   놔! 이거 놔! 놔! 놔!……

선희는 손을 놓지 않는다.

흥분한 재영은 호흡을 가다듬는다.

재영   알았어요. 말할 테니 이 손부터 놔요.

선희는 손을 놓는다. 선희는 바닥에 주저앉는다.

재영   한 달 후에 돌아와요 됐죠?

선희는 고개를 끄덕인다.

재영 도대체 이 말이 왜 중요하죠? 내버려 두면 전화할지도 모르는데, 왜 이러죠? 꼭 미친 사람 같아…… 그만 일어나요.

선희 ……

재영 밥 먹으러 가요. 분노하니까 배고프네.

선희 ……

재영 안 가요?

선희 ……

재영 저녁, 안 먹어요?

선희 ……

재영 먼저 나갈 테니 오세요.

재영은 나간다.

선희에게만 조명이 비친다.

선희는 천천히 일어난다.

기타음악이 흐른다.

선희는 비틀거리다가 이내 자세를 가다듬는다.

머리를 매만지고, 옷 매무새를 살핀다.

선희는 손거울을 꺼내 밝은 오렌지색 립스틱을 새로 바른다.

선희의 표정에는 공허함도 슬픔도 없다.

일종의 무표정이 선희의 얼굴이다.

이제 선희는 환상을 환상으로 인식할 수 있는 얼굴표정을 하고 있다.

선희의 예민함은 새롭게 사물과 사람들을 관찰하고 느낀다.

조명이 가는 비를 뿌린다.

빗소리.

선희는 우산을 펼친다.

우산살에서 떨어져 나간 천이 펄럭인다.

선희는 찢어진 우산을 쓴 채

재영이 나간 곳과 반대 방향으로 나간다.

암전.

7장. 나무들은 살아남기 위해 잎사귀를 버린다[2]

조명이 밝아지면, 영미와 동우, 정호가 등장한다.

그들은 모두 가상의 컴퓨터 앞에 앉아 자판기를 두드린다.

세 명은 자판과 관객을 번갈아 본다.

그들이 쓰는 글은 그들이 하는 말로 전달된다.

말하는 사람에 따라 조명이 움직인다.

조명이 영미를 비춘다.

영미　　86동기들, 방가방가. 까페 이름이, 나무들은 살아남기 위해 잎사귀를 버린다. 우째 너무 깁니다. 버릴 잎사귀가 있어야 버리지. 다들 버릴 잎사귀는 많이들 만들었슈? 아, 나는 지금 라오스 여행 중.

조명은 동우를 비춘다.

---

2) '나무들은 살아남기 위해 잎사귀를 버린다'는 제목은 류근의 시 제목으로 여기에 인용했다(류근, 『상처적 체질』, 문학과 지성사, 2010, 134쪽).

동우   동무들아 드디어 낙향했다. 아그들 손잡고 놀러 와라. 사돈어른 동생이 선주인데, 싱싱한 물회로 하루 세 끼 대접할게. 자네들 물회 알아? 회를 냉면처럼 먹는 거야. 냉면사리보다 양이 더 많아. 아침 점심 저녁으로 각자 두 그릇씩. 아무튼 배 터져 죽을 각오하고 오게나.

조명은 정호를 비춘다.

정호   가을이라 가을바람 솔솔 불어오니 잊었던 얼굴이 솔솔 불어온다. 옛날옛날에 다정하게 대해줬던 한심한 동기들. 보고 싶다. 다들 소식이 궁금하다. 올해가 가기 전에 얼굴 한 번 봐야지. 아, 참. 캐나다는 생각보다 무지 심심한 나라다. 그래서 겨울에 서울 갈란다. 그때 다들 얼굴 한 번 보자.

조명은 무대 구석에 서 있는 영미를 비춘다.

영미   여기는 라오스의 수도 비엔티안. 내가 이곳에 온 지도 벌써 6개월. 내게는 먼 일 같던 결혼. 이곳 외교관과 결혼하게 되리라고는 생각도 못했다. 오래 살고 볼 일이

여. 결혼을 축하해 줬던 동기들. 늦게나마 고맙다는 말 전하고, 여기 오면 연락들 하셔. 참고로 지금 라오스는 여름 내내 강풍과 우레를 동반한 비가 내리고 있어. 열대지방의 소나기 스콜이라고 들어봤는가? 이곳 메콩강이 지금 나에게는 잃어버린 희망을 주고 있소. 다들 라오스에 한 번 오게나.

조명은 정호를 비춘다.

정호   늦게나마 안형의 명복을 빕니다. 큰 형 같던 안형이 술병으로 세상을 떠나다니. 믿어지지 않습니다. 이제 우리 동창들은 누가 모읍니까. 더구나 올해는 한꺼번에 두 명의 전직 대통령이 돌아가셨습니다. 두 분 다 민주화를 위해 치열하게 싸웠던 분들로서 한 분은 너무도 젊은 나이에 자살을 했고, 한 분은 하늘이 주신 수명을 다하시고 고난으로 점철된 생을 마치셨습니다. 한국을 떠나 있어서 더욱 한국이 그립습니다. 가을이면 살기 위해 낙엽을 떨어트리는 나무처럼 저도 모든 걸 훌훌 털어버릴 때라는 걸 느낍니다. 타국에 있어 가보지 못하니 답답합니다. 예전에 수학여행 가서 찍은 사진 있어 올릴 테니 사진 있으면 다들 올려놓으시길.

조명, 무대 뒤에 서 있는 선희를 비춘다.
선희는 관객을 향해 카메라를 찍는다.
선희가 사진을 찍을 때 동창들이 돌아가며 하나씩 포즈를 취한다.

영미 (엉성한 포즈) 야 이거 영 어색하다. 얼마나 놀랐는지 알
아? 여기까지 온다길래 설마설마 했다. 너 공항에서 보
고도 안 믿겨지는 거야. 근데 다짜고짜 사진부터 찍자
고?

선희 …… (말없이 촬영에 몰두한다)

영미 니 덕에 모델도 돼보고 좋지 뭐.

조명 동우 비춘다. 바다를 배경으로 사진 찍는 포즈를 취한다.

동우 참, 덕기 사진 니가 찍었다며? 요새 씨에프 찍느라 정신
없더라. 덕기가 그렇게 유명해질 줄 누가 알았냐? 오래
살고 볼 일이야. 그래도 모기약이 뭐냐. 박박 긁어대는
데, 그러다 피나겠더라.

조명 정호 비춘다. 초가을. 캐나다.

정호 (사진 포즈를 취한다) 짐 정리 하다가 예전에 수학여행 가서 찍은 사진이 있길래 침대 머리맡에 붙여 놨더니 마누라가 난리야 칙칙하다고. 니가 이번에 찍은 사진들로 멋지게 하나 만들어서 보내봐라. 사진 그걸로 바꿔놓게.

덕기 등장.
늦가을. 한국.

덕기 민해가 만난 세 번째 사람이 나라고? 안 들어본 애들이 없을걸. 넌 내가 만난 세 번째 사람이야. 앞으로 넌 유명해질 거야. 또 물어봐. 민해한테 남자가 있었냐고? (순순히) 수배중인 운동권 사람이었는데, 가명 써서 본명은 몰라. 그 사람은 민해 죽은 거 모를걸. 잠깐 머물렀다 사라졌으니까.

덕기는 돌아서서 무대 뒤로 사라진다.

선희 다들 민해가 어디에 묻혔는지 아는 사람? 공원묘지에서

15년 계약기간이 끝난 뒤 어떻게 된 걸까? 민해 부모님은 민해를 데려다 화장시킨 걸까? 정말 민해는 감기약 부작용으로 죽은 걸까?

정호　민해?

동우　벌써 계약이 만기되었나?

정호　아, 성태경. 우리 십년 전에 갔었던 거 같은데?

영미　아니야. 8년 전이야.

선희　시간을 되돌려서 그날 밤으로 갈 수 없을까.

영미　선희야. 모든 죽음은 명료하지 않다. 자살일 수도 있겠지만 감기약 부작용일 수도 있어. 우리가 죽은 사람이 아닌 한 알 수 없단다.

정호　그때 한참 헤맸던 기억.

영미　우리가 못 찾았잖아.

동우　찾았는데 어떤 남자가 묻혀있었지.

선희　민해 시신은 어떻게 되었을까?

동우　화장해서 어디다 잘 모셨겠지.

영미　선희야 오랜만이야. 사진전 한다는 소리 들었는데.

동우　선희 오랜만이다.

친구들　그런데, 너는 어떻게 지내니?

선희　…… 나는 잘 지내. 다들 잘 지내지? ……

친구들 한 명씩 손 흔들며 퇴장.

그들 모두 퇴장하면 선희만 비추는 조명.

선희는 침대보가 벗겨진 앙상한 침대로 다가간다.

흰 국화다발을 침대에 올려놓고 그 옆에 앉는다.

선희 (관객을 향해 말한다) 너가 떠난다고 했을 때 나는 깨달았어. 왜 너를 사랑하게 되었는지. 모든 죽음이 명료하지 않은 것처럼 모든 이별도 명료하지 않아. 그러니 모든 사랑의 이유도 명료하지 않아. 하지만 나는 깨달았어. 슬픔을 이기려면 열정이 필요해. 더 이상 도피하지 않을 때 열정이 생긴다지…… 너가 돌아온다 해도, 돌아오지 않는다 해도, 나는 도망가지 않을 거야. 삶에는 이해할 수 없는 순간들이 있어…… 이야기의 끝은 어디일까. 한 번도 산 적이 없는 것처럼 다시 산다 해도 다만 이해해. 모든 삶이 분명하지 않은 것처럼, 모든 죽음도 분명하지 않다는 것. 모든 이별이 분명하지 않은 것처럼, 모든 사랑의 이유도 분명하지 않다는 것.

선희가 앉았던 자리에 조명이 어두워지면서 영사기 돌아간다.

입학식날 찍었던 민해와 재영의 모습.

재영이와 선희의 모습.

이어지는 사진은 민해를 업은 재영의 모습.

재영을 업은 민해의 모습.

환하게 웃는 장난기 가득한 그들의 모습은 더없이 순수하고 아름답다.

슬라이드를 멍하니 바라보는 선희. 조명 잠시 남았다 암전된다.

〈낙타풀〉 공연일지

1. 2010년

극작가 3인의 희곡낭독 〈애도, 1986〉로 공연. 76극장, 김윤미 작/연출.
배우: 김왕근, 백은정, 손경숙, 강일, 성노진, 성동한, 문하나

2. 2012년 4월

서울연극제 〈낙타풀〉 대학로 예술극장 소극장. 김윤미 작, 손정우 연출
배우: 김왕근, 이승기, 송영학, 소희정, 임일규, 최현미, 박초롱
스텝: 신동준, 도은정, 신혜림, 이상훈, 전혜진, 유장헌 이윤수,
장여섭, 노승희, 이수연, 강혜련, 박지혜, 박용신, 이가영, 김효중,
이재혁, 김동희, 박세근, 원효진, 심희섭

3. 2012년 6월

제 30회 전국연극제 초청공연 광주문화예술회관 대극장.
배우: 소희정, 임일규, 박초롱, 최현미, 이승기, 김왕근, 송영학
스텝: 연출 손정우, 무대 이윤수, 의상 이수연, 안무 강혜련

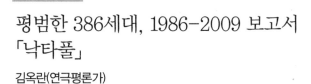

평범한 386세대, 1986-2009 보고서 「낙타풀」

김옥란(연극평론가)

386세대의 호명법

김윤미의 「낙타풀」은 2009년 시점의 386세대 보고서다. 대학 86학번의 이야기, 작가 자신의 이야기이다. 공연은 2011년 낭독극 공연을 거쳐, 2012년 서울연극제 공식참가작으로 무대에 올랐다. 이른바 386세대의 후일담이다. 386세대의 후일담이라면 김태웅의 「불티나」(2001)도 있고, 김명화의 「돐날」(2001)도 있으니 좀 늦은 감이 있다. 김태웅이 1965년생, 김명화가 1966년생이고 김윤미는 1967년생이다.

이들은 60년대 출생·대학 80년대 학번·2000년대 중반까지 나이 30대인, 이른바 '386세대' 작가들이다. 「낙타풀」이 공연된 것은 2012년이니 작가 나이로 따지면 40대 중반의 이야기이고,

'386'이 아니라 '486'의 이야기가 되겠다. 실제로 2011년 공연된 장성희의 「매기의 추억」은 "486세대 여고 동창생들의 이야기"를 표방하고 있다.

그러나 '386세대'라는 말은 단순히 작가의 나이에 따라 386·486·586식으로 연식을 따져 붙이는 말이라기보다는 1980년대의 시대 상황을 배경으로, 20대의 나이를 대학에서 보낸 세대가 30대의 나이에 사회에 진출했으나 현실에서 패배하고 스스로를 자조하고 사회적으로는 냉소의 대상이 되는 특정한 시대적·사회적 현상을 지칭하는 말이다. 엄밀한 의미에서 「매기의 추억」이 말하는 "486세대 여고 동창생들의 이야기"라는 말은 성립이 안 된다.

386세대를 같은 세대로 묶는 데에는 1980년대 대학생활이 중요한 공통 체험으로 작용한다. 단순히 친했던 옛 친구들인 중·고등학교 동창생들이 나이 들어 사회생활에서 느끼는 고단함과 고민을 토로하는 수준이 아닌 것이다.

1980년대 대학생활의 체험에는 소위 말하는 '운동권 대학생'으로 대변되는 정서, 시대와 사회에 대해서 고민하고 혁명의 열기가 뜨거웠던 시절에 대한 기억이 자리 잡고 있다. 민감한 감수성과 개인의 정체성이 무엇보다 중요한 20대 초반의 나이를 개인의 삶 대신 사회와 역사적 삶의 의미에 대해서 고민했던 윤리감각이 뿌리깊이 박혀 있다.

실제로 이 세대에게는 지극히 개인적인 영역인 연애와 결혼마저도 계급의 관점에 따라 결정하는 일도 비일비재했다. 남학생 선배를 성별에 따른 호칭인 '오빠' 대신 중성적 호칭인 '형'(남학생 후배가 여학생 선배를 부를 때도 '형'이라 했다)으로 부르며 '평등'에 대해 거의 강박증적 반응을 보였던 것도 바로 이 세대다. 게다가 1987년 6·10항쟁 당시에는 대학생들의 '운동(시위, 데모)'에 대한 일반 대중의 지지 열기가 높아 대학생들 내부에서도 이미 운동권/비운동권의 구분이 무의미할 정도로 사회적 의식의 열기가 높았던 때이다.

1980년대의 기억을 소환하는 방식

김윤미의 「낙타풀」은 바로 이 지점에 위치한다. "절대 우리는 대학 가서 데모하지 말자고 맹세"('서문-개정판을 내면서', 『김윤미 희곡집 1』, 평민사, 2006, 5면)하던 평범한 인물들이 대학에 들어갔으나, 학생운동이 정점이던 때 수많은 죽음을 목격하게 된다. 광주의 무수히 많은 죽음을 알게 되고, 가깝던 친구와 선배들이 어느 날 갑자기 실종되고 의문사의 시체로 발견되는 상황에 마주치게 된 것이다.

크리슈나무르티의 명상록을 읽고 법정 스님의 『무소유』를 읽는 낭만의 청춘 시절에 "광주에서 그렇게 많은 사람들이 죽었고, 또 내가 모르고 있었다는 것이 얼마나 수치스러운지" 분노에 떨며 운동권이 되거나, "운동권이 되고 싶지 않았어. 불나방처럼 뛰어드는 민해를 배부른 자의 사치라고 생각"하며 내학생활 내에 존재하는 계급적 위화감에 민감하게 반응하기도 하고, "학생회장도 난데없이 거문도 해변에서 시체로 발견"되는 시대상황에 "대학생활 생각하면 죽음밖에 생각 안 나는" 상처를 간직하게 된다.

사실, 1980년대 대학의 학생운동의 상황이라면 김태웅의 「불티나」에서 더 리얼하게 그려져 있다. 만년 고시생 병수의 기억에 따라 회고되는 "우리의 투사 이추배"의 불꽃같은 모습, 분신자살한 친구 삼수를 불구덩이 속으로 집어넣어 불태워버렸다는 죄책감, 그럼에도 "아무 것도 바뀌지 않았어. 아무 것도 청산되지 않"은 냉정한 현실인식이 살아남은 자들을 미쳐버리게 만드는 모습을 광기 속에 재현한다.

이들에게 1980년대는 열혈투사의 불꽃같은 모습이든, 분신자살의 모습이든 "불구덩이로 던져진" 지옥 같은 모습이다. 그리고 이는 김명화의 「돐날」에서도 "돐날에 돌아버리는" 상황을 통해 희극적으로 과장되고 감정과잉의 상태에서 열렬하게 회고된다. 지금은 만년 시간강사 "꽁생원"이지만 "옛날에 날고 기던 박지호"는 군부독재 타도와 "북으로 가자, 남으로 오라"를 외치던 총학 간부였고, 마찬가지로 총학이었던 "열혈투사 한경주"는 매일 교정에 자욱하던 "최루탄 가스"에도 이상한 해방감과 자유로움에 "하루에도 몇 번씩이나 큰 소리로 웃었"던 그때를 그리워하고 있다.

「불티나」와 「돐날」은 1980년대 학생 운동권이었던 인물들이 그때 죽은 자들에 대한 부채감에 시달리며 사회에서도 실패하고 냉소

와 자조로 스스로를 희극적 인물로 전락시키고 조롱하는 비틀린 모습을 보여준다. 이들의 1980년대 기억에 대한 희극적 소환은 스스로에 대한 비하와 현실 세계에서 실패했다는 열패감에서 기인하고 있다.

따라서 엄밀히 말해서 「불티나」와 「돐날」은 1980년대 대학생들의 일반적인 모습을 담았다기보다는 운동권 출신 인물들의 특수한 경험을 토대로 하고 있다. 한때 열혈투사의 "영웅"이었던 인물들이 비루한 현실 속에서 "타락"하고 전락하는 극적 간극이 큰 드라마들이다. 결코 평범하거나 그 시대 그 세대를 대표한다고 할 수 없는 이야기들이다.

이에 비해 김윤미의 「낙타풀」은 그 시절 평범한 대학생들의 삶과 보편적인 감정을 다루고 있다. 그러면서 운동권 출신 작가들이 잡아내지 못하는 지점들을 잡아낸다. '평범한' 386세대의 이야기지만, 시대를 비껴갈 수 없었던 이들이 마주하게 된 "삶에는 이해할 수 없는 순간들", "모든 죽음이 명료하지 않은 것처럼 모든 이별도 명료하지 않"았던 순간들에 대한 상처를 보여주고 있다.

나이 43살, 2009년 시점에서 되돌아보는 20살 때의 이해할 수 없었던 죽음들과 남겨진 기억 사이에서 다시 살기 위해 "슬픔을 이기려면 열정이 필요"함을 인식하게 되는 결말을 보여주고 있다. 「불티나」와 「돐날」이 자기 비하와 조롱과 광기의 희극적 포즈를 보여주는 데 비해 「낙타풀」은 15년 계약기간이 만료되어 사라진 친구의 무덤을 가슴으로 이장시키는 이야기를 담담하게 풀어놓고 있다.

비록 선희와 민해라는 중심인물이 있긴 하지만, 이들에게 모든 사건이 집중되는 방식이 아니라 이들을 연결고리로 같은 세대 친구들의 과거와 현재의 이야기를 폭넓게 받아들이고 기록하는 역할에 충실하다. 극중 선희의 직업은 사진작가이다. 희극적 광인이거나 비극적 주인공이거나 단 한 명의 주인공이 아니라 평범한 386세대 친구들의 이야기를 다중 초점의 이야기처럼 한 프레임 안에 담아내고 있다.

1986년 민해의 죽음과 2009년의 두 죽음 사이에서, 상처를 덧나게 하는 글쓰기

「낙타풀」은 1986년 대학 신입생 선희와 민해의 이야기로부터 시작해서 23년 뒤인 2009년 시점에서 끝난다. 20살 대학 신입생으로 만나 40대 중년의 나이에 누군가는 죽었고 누군가는 남았다. 곧 이 작품은 단지 대학 동기동창들의 세월의 흐름에 따른 이야기라기보다는 1986년 민해의 죽음으로부터 시작해서 그때는 이해할 수 없었던 죽음을 이해하고 받아들이면서 끝난다.

그런 면에서 이 이야기의 종착지가 2009년의 시점이라는 점이 의미심장하다. 마지막 장면에서, 사진작가 선희는 귀농으로, 라오스로, 캐나다로 뿔뿔이 흩어져 있는 친구들을 찾아가 사진을 찍는다. 그리고 캐나다에 사는 친구는 "올해는 한꺼번에 두 명의 전직 대통령이 돌아가셨"는데도 가보지 못한다는 말로 2009년의 시점에 방점을 찍고 있다. 이들의 삶에 친구의 죽음과 함께 김대중과 노무현의 죽음이 깊게 들어와 있는 풍경을 보여주고 있다. 민주화 운동에 함께 했던 학생운동 세대가 민주화의 상징이라고 할 수 있는 두 전직 대통령의 죽음을 애도하는 짧은 회상의 순간들이 인상 깊다. 두 전직 대통령의 죽음으로 한 세대의 삶이 정리되고, 선희는 오랫동안 상처로 남아있었던 친구 민해의 죽음을 받아들인다.

그런데 민해는 본명이 아니다. 민해의 본명은 성태경, 민해는 가명이다. 민중의 '민' 과 해방의 '해' 의 '민해' 이다. 운동권 학생이었던 민해는 혹시 모를 검거를 피해기 위해 가명을 쓰고 있었고, 첫사랑 남자 또한 수배 중인 운동권 사람으로 가명을 써서 본명은 모르는 사람이었다. 실제로 지하 운동권 활동을 하던 사람들은 서로 본명을 모르는 경우가 많았고, 불심검문 등을 피하기 위해서 마르크스나 사회과학 책의 겉표지에 가짜 책 이름을 써가지고 다니던 시절이었다.

민해는 성태경이 아닌 민해로, 가명의 삶을 살고 있었고 그의 죽음조차 납득할 수 없는 것이다. 민해의 자취방은 운동권 학생들의 비밀 아지트로 숨겨진 장소였고, 운동권 학생들에게 생활비를 바치느라 정작 본인은 거의 굶다시피 허약해진 상태에서 감기약 부작용이라는 명확하지 않은 사인으로 죽었다. 그리고 민해의 사후 20여

년, 계약 만료된 공원묘지의 무덤 또한 감쪽같이 사라져 버렸다.

민해에 관해서는 어느 것도 분명한 것이 없고, 납득할 만한 이유도 없고, 그렇기 때문에 정리되지 않은 삶으로, 상처로 남아있다. 민해는 열혈투사도 아니고, 분신자살이라는 대의명분의 거창한 죽음을 맞이한 것도 아니다. 운동권에 헌신했으나 굶어죽다시피 이름 없는 쓸쓸한 죽음을 맞이했다. 1980년대에 대한 기억으로 이만큼 쓸쓸하고 허망한 것이 또 있을까. 선희에게 민해의 죽음은 "이해할 수 없는 삶의 한 순간"으로 남아있고, 납득할 수 있는 분명한 이유가 없었기 때문에 그것을 인정하고 받아들이는데 20여 년이 걸린 것이다. 민해의 죽음이 거창한 시대의 이름으로 포장될 수 있었다면 어쩌면 선희는 좀 더 일찍 그의 죽음을 받아들이고 잊었을 수도 있을 것이다. 민해의 이름 없음, 사라진 무덤은 우정이나 첫사랑과 같은 평범한 추억을 간직하고 살아가는 평범한 사람들에게 각인된 시대의 흔적이고, 그래서 더 잊을 수 없는 것이 된다. 계약 만료되어 사라진 무덤 앞에서 친구들은 말한다. "기억해. 오늘부터 태경이를 우리 가슴 속에 이장한다." 투사는 역사가 기억하겠지만, 친구의 죽음은 친구가 기억해야 한다.

낙타풀은 사막지대에 자생하는 가시투성이풀이다. 오직 낙타만이 먹는다는 이 풀은 아사 직전에야 낙타가 먹는 풀이라고 한다. 가시투성이 낙타풀을 먹고 가시에 찔린 혓바닥에서 흐르는 피를 마시기 위해서라고 한다. 극의 마지막까지, 선희는 태경이를 끝내 가명인 민해라고 부른다. 선희에게 민해는 낙타풀이다. 선희에게 민해는 상처이자, 새롭게 상처를 덧나게 하는 기억이다. 2009년 전직두 대통령의 새로운 무덤 두 개가 더 생겼으나 민해의 무덤은 사라졌다. 극 전체가 민해의 사라진 무덤 앞에서 친구들의 가슴 속에 새로운 민해의 무덤을 만들고 치르는 짧은 애도의식이라고 할 수 있다. 「낙타풀」은 한때 내가 운동권이었다는 과한 자의식 없이, 혹은운동권이 아니었다는 열패감도 없이, 운동권/비운동권의 구분을떠나 제대로 이름조차 남기지 못하고 사라진 친구의 죽음을 기억하는 남아있는 친구들의 짧은 애도의식을 보여주고 있다. 그 평범함으로 묘한 공감과 울림을 준다. 낙타는 사막을 건너고, 낙타풀을 삼킨 선희는 이제 새롭게 길을 나설 것이다.

— 출전 : 김옥란, 『백도의 무대, 영도의 글쓰기』, 연극과인간, 2014.

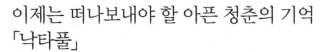

이제는 떠나보내야 할 아픈 청춘의 기억 「낙타풀」

배선애

낙타가 사막에서 너무 목이 마를 때 먹는 풀인 로우타우차우는 가시가 너무 많아서 그걸 먹으면 입 안 가득히 피가 나지만 그걸 모른 채 낙타는 죽을 때까지 그 풀을 먹는다고 한다. 서울연극제 공식 참가작인 「낙타풀」(김윤미 작, 손정우 연출, 2012.4.25.~29, 대학로예술극장 소극장)은 입에서 피가 나는 줄 알면서도 계속 낙타풀을 씹고 있는 40대들의 이야기다.

1986년 갓 대학에 입학한 선희는 밝고 명랑한 민해를 만나 대학 생활을 시작한다. 민해는 친화력 높은 성격으로 여러 사람과 어울리지만 그 해 초겨울, 감기와 약물중독으로 죽음을 맞이한다. 민해가 죽던 날 밤 그녀의 집에 가지 않았다는 것은 곧 선희의 죄의식이 되었고, 한없이 밝기만한 민해의 죽음은 그녀와 친구들에게 치유될 수 없는 커다란 상처로 남게 된다. 민해라는 낙타풀을 품고 있는 선희는 오랜 세월이 흘러 사진작가가 되어 개인의 삶을 영위하지만 입 안 가득 번져나는 핏물처럼 스스로의 상처에 갇힌 채 성장을 멈춰 버린다. 그러다 알게 된 무명배우 재영과의 사랑을 통해 20여 년 전 민해와 대면할 수 있는 용기를 갖게 되고, 선희와 친구들은 그제야 비로소 각자의 삶을 통해 민해를 떠나보낼 수 있게 된다.

이 작품은 2010년 8월에 『애도, 1986』이라는 제목으로 낭독공연을 가진 바 있다. 이때는 민해가 얼마나 찬란한 빛을 내는 사람이었으며, 그 죽음이 얼마나 안타까운 것인가에 초점이 맞춰져 있어 선희의 뒤에 숨은 작가의 안타까움과 추억, 그리움이 더욱 강하게 드러나, 오래 전에 죽은 친구를 그제야 애도할 수 있는 작가의 고백을 잔잔하게 보여준 작품이었다. 이에 비해 이번에 공연된 작품은 민해의 역할이 많이 축소되는 대신 선희를 비롯한 친구들의 삶과 세월이 더 강하게 드러나는 방향으로 초점이 맞추어졌다. 20살에서 성장을 멈춘 선희와 15년 동안 매해 민해의 무덤을 찾아오는 친구들이 정확한 무덤의 위치를 찾지 못해 옥신각신하는 모습은 조금씩 민해로부터, 청춘의 죄의식으로부터 서서히 자유로워지는 변화로 읽혀진다. 그리고 10년이 더 흐른 현재, 나이어린 배우를 사랑하게 된 선희는 물론, 세계 곳곳에 흩어져서 충실하게 각자의 삶을 영위하는 친구들은 민해에 대해 이제는 덜 미안해도 괜찮을 수 있다는 서로간의 위안과 위로로 그려진다.

이러한 변화는 곧 민해를 기억하되 절대로 잊지 않으려는, 그리고 더 이상 20살에 얽매이지 않는 모습으로 해석된다. 그들은 25년의 세월동안 민해를 애도했으며, 이제는 그 애도의 유통기한이 적절하게 지났음을 보여주고 있다. 이는 20대의 기억에 얽매어 있는 지금의 386, 아니 486세대들에게 아프지만 조용하게 이제는 떠나보내라는 은유로 읽히는 부분이다. 선희가 젊은 재영이 떠나갈 때 붙들고 매달리며 물어본 유일한 것, "언제 올 건데?" 그 기약이, 그 기다림의 유통기한이 우리가 견뎌낼 수 있는 고통의 크기였기 때문일 것이다. 선희는 민해가 유통기한을 정해주지 않은 채 떠나버렸기에, 그래서 성장을 멈춘 채 겉모습만 늙어버린 청춘이 될 수밖에 없었다.

주인공인 선희의 직업이 사진작가라는 점도 무척이나 은유적이다. 빛을 받고 살아있는 존재가 카메라 속에 들어오는 순간 그것은 시간성을 벗어난 영원이고 기억이며 찰나가 된다. 성장과 변화를 찾아볼 수 없는 고정된 무엇. 민해가 남겨준 유일한 선물인 카메라를 들고 그것을 통해 세상을 보는 선희는 민해의 눈을 통해, 민해를 통해 세상과 만나 왔다. 그래서 더욱 민해로부터 자유로울 수 없던 것이다. 카메라 속에 갇혀 나이는 먹었으나 성장하지 못한 정신적인 애송이로 존재하는 것, 이것은 어쩌면 80년대에 청춘을 보낸 사람들 모두가 애송이일지도 모른다는 의식의 환기를 불러일으킨다. 그 시절을 아직도 무용담으로 풀어내는 과장된 운동권에게도,

살아남은 자의 아픔을 과도하게 짊어지고 있는 사람에게도, 이것도 저것도 아닌 회색인으로서의 기억을 가진 이들에게도 말이다.

뜨겁고 치열했던 80년대를 작가의 잔잔한 방식으로 기억하고 떠나보내는 이 작품은 김명화의 「새들은 횡단보도로 건너지 않는다」처럼 암울하지도 않고, 최영미 시인의 「서른, 잔치는 끝났다」처럼 요란하지도 않다. 이미 오래 전에 죽은 친구에 대한 애도가 켜켜이 쌓여 있어 진솔하면서도 건강한 것이 이 작품이 지닌 가장 큰 매력이다.

작품 속 공간이 공원묘지와 방 안이 중심이기에 단조로울 수 있는 무대를 손정우 연출은 아예 무한대로 확장하였다. 갈대가 듬성듬성, 마치 사막의 낙타풀처럼 나 있는 무대는 전체적으로 공동묘지의 느낌을 주는 한편, 각 공간의 높이를 다르게 함으로써 실내 공간의 깊이감을 만들어 냈다. 밝은 회색빛의 무대는 그것이 어둡고 암울한 기억의 한 편으로도, 이젠 삶 속에 애도의 유통기한을 채워 낸 친구들의 생명 빛으로도 보여진다.

선희 역할을 맡은 소희정은 20대와 40대, 격한 감정들을 오가는 모습을 잘 형상화하여 선희가 갖고 있는 민해에 대한 죄의식을 잔잔히 풀어내어 작품의 중심을 잡아냈다. 여성성보다 남성성이 강한 영미 역의 최현미는 이 작품의 새로운 발견이었다. 능청스럽고 의뭉스런 정호와 동호를 연기한 김왕근과 이승기, 배우이면서도 숫기 없는 덕기 역의 송영학은 하루하루 살아가는 일이 얼마나 버거운 것인지, 그럼에도 끝까지 살아내는 중년의 건강함을 자연스럽게 보여주었다. 선희가 사랑한 남자 두 명 모두 이름이 재영인데, 이 두 인물을 임일규가 맡아 연기한 것은 80년대 재영과 선희의 사랑, 2000년대 재영과 선희의 사랑이 다른 듯하지만 결국은 같다는 것을 시각적으로 보여주는 효과적인 장치였다.

　연극 〈낙타풀〉은 관록 있는 작가의 내면 고백이 깊은 울림을 주고 손정우 연출의 노련한 감각이 그 울림을 증폭시켜 편안하면서도 잔잔한 슬픔, 그 속에 빛나는 희망을 발견할 수 있는 작품이었다.

　　—『공연과 이론』 2012년 여름호

안녕, 앙코르[1]

···

등장인물

오선우(42세, 선생)

이미연(42세, 한의사)

에드워드 박(70세, 전직 외과의사)

박안나(27세, 에드워드박의 딸)

장복선(58세, 에드워드박의 아내)

배사장(55세)

소심희(49세, 배사장의 아내)

서정남(가이드)

정영미(북한처녀)

정수정(42세, 이미연의 친구)

소땅(현지인, 심부름꾼)

북한 소녀/ 캄보디아 소녀/ 벨보이

* 등장인물들은 상황에 따라 일인다역을 할 수 있음

때 : 2015년 2월 어느 날.

장소 : 인천공항, 캄보디아 공항과 호텔. 북한식당. 앙코르와트 등.

─────────

1) 「안녕, 앙코르」는 2013년 극장 정미소에서 낭독회를 했고 제27회 거창국제연극제 공식초청으로 2015.7.3~8.1까지 야외대극장 축제극장에서 경남예술단에 의해 손정우 연출로 초연 되었고 같은 해 10.23~11.8까지 서울 대학로 아트씨어터 3관에서 극단 유목민에서 공연했다. 이 대본은 아트씨어터 3관에서 공연한 소극장용 대본이다. 이 공연에서 배우는 오민애, 김나윤, 정슬기, 김결, 정형재, 김승환, 김봄, 홍은정, 김혜민, 이승현, 이다혜, 어젠바트가 출연했다.

1장. 인천공항

어둠속에서 비행기 이착륙을 알리는 방송과 비행기 소음.

조명이 비치면 공항 대합실.

마흔의 선우, 캐리어 옆에 서서 수첩을 펼쳐들고 읽는다.

선우 사는 방법에는 두 가지가 있다. 되는 대로 그냥저냥 살아가는 것과, 더 나은 길을 찾아 성실히 사는 것이다. (비장한 표정으로) 헉슬리.

무대 끝 쪽에 캐리어를 끌고 등장한 미연과 수정.

수정은 약간 우스꽝스러운 하얀 테두리의 선글라스를 끼고 있고, 미연은 새빨간 잠바를 입고 붉은 립스틱을 입술에 바르고 있다.

미연 (손거울로 얼굴을 보며) 너무 빨개. 꼭 쥐잡아먹은 거 같애. 그렇지?

수정 몰라. 선글라스를 쓰면 세상의 모든 색깔이 사라지니까. 눈이 편해.

미연 좀 벗지 그러니? 여왕벌 같아.

수정　여왕벌? 웃겨도 할 수 없다. 안구건조증이라서 선글라스를 쓰랜다. 닥터가.

미연　네 남편이?

수정　그래. 내 남편이라고 생각했던 닥터 안이 말했어. (남편 흉내를 내며) 선글라스 좀 쓰지 그래. 모셔 두지 말고.

미연　남편이면 남편이지, 남편이라고 생각했던은 뭐니?

수정　남편이라고 생각했지만 지금은 아니라는 거야. 우리의 부부관계는 과거형이야.

미연　불행은 과거의 관계를 미래까지 짊어지고 가야한다는 거다.

수정　그래서 말인데…… 미연아 나 못가겠어!

미연　농담이지?

수정　아니야.

미연　(울상이다) 왜?

수정　내 역할은 여기까지야.

미연　그러는 게 어딨어. 나랑 같이 나왔잖아.

수정　미안. 우린 이미 오래 전에 서로 다른 길을 갔잖아. 일 년에 한두 번 만나서 여행 간다는 거 글쎄, 억지스럽지 않니.

미연　그럼 왜 나왔어.

수정 왜 나왔을까. 캄보디아로 떠난다고 내 인생이 달라질까. 그곳이 나를 변화시킬 거라는 기대. 잠시 동안 환각상 태. 뭐 이런 걸 기대하겠지. 전에는 기대했었어. 그래도 현실은 여전히 나를 기다리고 있어. 밀린 숙제를 잔뜩 안고서 말야. 더 이상 미룰 수 없는 일이 있거든. 너는 캄보디아로 떠나. 나는 여기 남아서 숙제를 해결해야 하 거든.

미연 엉뚱해 정말. 나만 혼자 보내는 이유가 뭐니?

수정 혼자가 아니잖아.

미연 (주위를 둘러본다) 모르는 사람들이야.

수정 여행은 모르는 사람들을 만나는 거야.

미연 (화가 났다) 왜 안 가는지 이유나 말해.

수정 (수정은 선글라스를 휙 벗는다. 시커멓게 멍든 얼굴. 미연은 당황해 한 다) 됐지? 이유는 묻지 마. 잘 갔다와. 나는 여기서 밀린 숙제를 해야 해.

수정은 퇴장한다. 미연, 수정을 부르며 뒤따라간다.

무대로 등장하는 세 명의 가족. 아버지 에드워드 박의 팔을 잡고 등 장하는 딸 안나. 그들과 세 발자국쯤 항상 거리를 유지하고 등장하는 어머니 장복선. 장복선은 패션모델처럼 키가 크고, 표정은 차갑다.

에드워드박 안나야. 네 엄마 좀 봐라. 골이 단단히 났다.

안나 (빙그레 웃기만 한다)

에드워드박 유럽을 가지 않아서 화가 난 거다. 네 엄마는 화가 나면 저렇게 거리를 유지한단다. 자로 재기도 힘들 거다. 절묘한 거리다. 시위를 하는 거지. 흥!

안나 (여전히 빙그레 웃기만 한다)

에드워드박 저러다 화가 풀리면 내게 선심이라도 쓰듯이 이렇게 말한단다.

장복선 (돌아보며) 한 번도 가지 않은 곳이니 가주겠어요. 애초에 나는 거기 갈 생각이 없었으니까. 당신 뜻대로 가는 거니까.

에드워드박 책임을 지지 않겠다는 저 태도. 주도권 싸움이지. 나한테 평생 매달려 살았다는 걸 인정하지 않는 거란다. 가자!

안나 (여전히 빙그레 웃기만 한다)

무대 밖에서 배사장과 소심희 소리 들린다.

배사장 그 안서나!

소심희 지는 마 죽어도 못 가유.

배사장　그 서라마. 잡히면 뒤지는 겨.

소심희 도망치듯 캐리어를 끌고 무대 위로 등장한다.

소심희　혼자 가면 안 되겠슈?

배사장　이제 와서 이러면 어쩌란 거야.

소심희　나 고소공포증이잖유.

배사장　안 죽는다.

소심희　속도 안 좋고.

배사장　안 죽어.

소심희　머리도 떵허요.

배사장　안 죽는다!! (속삭이듯) 공짜 티켓을 허무하게 버려야 쓰겠 어?

소심희　내삐리던지 말든지 마음대로 해유.

배사장　(소심희 팔을 꽉 움켜쥔다) 가자면 가는 거지 말이 많아.

소심희　아, 알았어. 갈 테니까 팔, 팔 좀 놔유! 씨부럴, 팔 뿌러 지겠네.

배사장, 주위사람들 시선을 의식하다가 에드워드 박과 눈이 마주친 다.

배사장　(에드워드 박에게) 어르신 반갑습니다. 저는, (명함을 건네며) 천안에서 중장비사업을 하는 배 사장입니다. 우린 결혼 30주년 기념 여행입니다.

에드워드박　30년이라. 긴 세월이오. 한 여자와 살기에는.

배사장　하하. 그렇습니다.

소심희　그려…… 갈라서지도 못하고 뭐든 오래되면 끔찍스럽다.

배사장　야가 뭔 소리를 씨부렁거리노.

여행사직원 빨간 모자에 빨간 잠바차림으로 서류를 들고 등장한다.

여행사직원　안녕하세요? 빨간 풍선입니다. 다들 모여주세요! 비수기라 가격도 싸고 인원도 적어서 가족여행이라 생각하시면 됩니다. 자, 우리 가족분들 확인하는 차원에서 제가 성함을 부르겠습니다. 본인은 손을 들어 주십시오. 오선우? 배사장? 본명인가요?

배사장　그려. 난 태어날 때부터 사장이여.

여행사직원　부자되시겠습니다. (서류를 보고) 소심희?

배사장　(소심희 손을 들어올리며) 야!

여행사직원　이미연? (안나를 보면 안나 고개를 가로젓는다. 무대 밖을 향해 소리친다) 이미연님!

이미연   (무대 밖에서 급히 뛰어 들어온다) 네!

여행사직원   정수정?

이미연   못 가게 됐어요

여행사직원   고객님 당일 환불은 안 됩니다. (이미연 고개를 끄덕인다)
안나 박? 에드워드 박? (아버지가 손을 든다) 복선 장?

박안나   (에드워드 박과 안나가 장복선을 본다) 마미!

장복선   here! (장복선의 몸짓과 목소리는 외국사람 같다. 사람들이 낯선 표정
으로 장복선을 흘깃 쳐다본다)

여행사직원   정수정씨 빠졌으니까 7명. 정말 가족여행이네요. 아
무튼 이렇게 믿음을 가지고 여행을 단행하신 여러분의
성의에 감사드리면서, 다시 한 번 말씀드리지만 엄청 싸
게 가신다는 거……! 아시죠? 자, 안내말씀 드리겠습니
다. 여러분은 탑승한 지 6시간 후에는 캄보디아 시엠립
국제공항에 도착할 것입니다. 그곳에서 저희 빨간 풍선
과 계약된 현지 가이드가 여러분을 안내해 줄 텐데, 그
가이드가 이병헌, 장동건 급으로다가 굉장히 잘생겼다
는 거…… 강조하면서 한 가지만 더 말씀드릴게요. 고객
만족카드 말인데, 웬만하면 매우 만족 체크, 부탁합니
다. 어쨌든 쾌적한 여행 마치고 돌아오시길 빕니다. 이

쪽으로 가시죠!

사람들 나가고 소심희 따라가는 척하다가 태연히 반대방향으로 간다. 배사장 뒤늦게 나와서 소심희를 억지로 끌고 나가려 한다. 소심희 가지 않으려고 개찰구 붙잡고 버티다가 끌려 퇴장한다. 비행기 이륙하는 소리와 함께 다음 장으로 이어진다.

2장. 모든 날개는 가볍다.

경쾌한 느낌의 캄보디아 음악이 나온다.

시엠립국제공항이 스크린에 투사된다.

경적소리와 동시에 강한 자동차 불빛이 사방에서 들어오는 무대 가운데 서정남이 등장한다.

서정남 (풍선을 치켜들고) 빨간풍선 여기로 오세요. 빨간풍선입니다. 빨간풍선. 노랑풍선차 타시면 안됩니다. 여기 빨간풍선차 타세요.

무대 뒤에서 캐리어를 끌고 등장하는 사람들.

그들은 날씨가 덥다는 것을 깨닫고 하나 둘 잠바를 벗고 긴 머리를 묶는다.

서정남 (서류를 펼쳐들고 모인 사람들의 머리수를 헤아린 뒤 체크한다) 자, 차에 오르세요. 야, 소땅!

소땅이 운전대만 들고 등장한다.

조명 들어오면 일행들은 관객을 향해 각자 자세를 잡고 차안에 앉듯이 캐리어 위에 앉는다.

무대 뒤로 캄보디아 밤풍경이 흐르고 무대는 관광버스 안.

소땅이 중앙에서 운전대를 잡고 운전하는 동안 관광객들은 일정한 리듬으로 몸을 움직인다.

소땅이 마주 오는 차를 피해 급회전을 한다. (급회전하는 소리)

소땅은 상대방 운전자를 향해 욕설을 퍼 붓는다. 이번엔 다른 곳에서 차가 돌진한다. 소땅은 또 한번 급회전을 한다. (급회전하는 소리) 일행들 자리를 잡으면 서정남이 마이크를 들고 설명한다.

서정남 아,아, 마이크 테스트. 잘 들리지요? 예, 좋습니다. 이제부터 여러분에게 캄보디아를 간단하게 설명하겠습니다. 졸리는 분은 졸면서 들어도 좋습니다. 저는 3박 5일 동안 캄보디아 구석구석을 안내해줄 서정남입니다. (인사한다. 사람들 의례적으로 박수를 친다) 혹시 참고가 될까 해서 하는 말인데, 숫총각입니다. 속이 시커멓게 탔다는 뜻입니다. 자, 저기 운전하시는 분은 이름이 드 타롱 빠당 카르슈나미 소땅입니다. 그냥 소땅이라고 부르시면 됩니다. 한국말도 잘 합니다. 야! 니가 소개해!

소 땅 (마이크를 잡고 더듬더듬 간신히 말한다) 안. 녕. 하. 세. 요? 소,

땅이다. (갑자기 노래 시작) 우리 만남은 우연이 아니라……

서정남　네, 잘하죠? 여러분들 이따가 팁 한 번씩 챙겨주세요. 소땅은 여러분이 사진 찍을 때, 물이 필요할 때, 짐을 나를 때, 불러주시면 됩니다. 약간의 팁은 여러분께서 알아서 주시면 됩니다. 참고로 소땅은 열여덟 살입니다. 자, 자세한 안내는 앞으로 차차 하기로 하고, 캄보디아에 오셨으니까 간단한 인사말 하나 배워보겠습니다. '섭섭하이'는 '반갑습니다'란 말입니다. 자! 다들 따라 해보세요. 섭섭하이!

사람들　(가이드를 따라) 섭섭하이!

서정남　캄보디아는 내전이 끝난 지 겨우 십오 년, 우리나라 6,70년대 정도로 생각하시면 됩니다. 캄보디아에는 삼무(三無)가 있답니다. 첫째, 안경 쓴 사람. 둘째, 손이 깨끗한 사람. 셋째, 시계 찬 사람입니다. 캄보디아에서는 공부하는 것은 곧 단명하게 된다고 여깁니다. 왜냐하면 군부독재자들이 똑똑한 사람들 별로 안 좋아하는 거 아시죠? 사사건건 물고 늘어지니까. 해서 이곳 정치인들 특히 안경 쓴 사람, 손이 깨끗한 사람은 모두 죽였답니다. 왜 죽였을까요? 배운 사람들 책 많이 보죠? 그럼 눈 나빠지죠. 일 안하니까 손 깨끗하죠(둘러보며). 여기는 안경 쓴 사람이 없네요. 아 선글라스 쓴 분은 계시네요. 와 멋지십니다.

소심희 (선글라스를 쓴 배사장을 돌아보며) 오밤중에 선글라스를 누가 쓴대유.

배사장 (멋쩍어하며 선글라스를 벗는다) 어쩐지 어둡더라.

오선우 앙코르와트는 언제 가나요? 한 이틀은 둘러봐야 된다던데요.

서정남 예, 날카로운 질문 감사드립니다. 마지막 날 새벽에 해 뜨는 거 보고, 전날 저녁에는 달 뜨는 거 보게 다 준비했습니다. 그때 소원도 비시고, 비밀도 말하시죠. 여러분들 왕가위 감독의 〈화양연화〉 보셨죠? 보신 분? 손들어 보세요.

오선우와 이미연만 든다. 둘은 서로 민망한 듯 얼른 손을 내린다.

서정남 아, 두 분 같이 보셨나요? (이미연의 불쾌한 얼굴에) 죄송합니다. 이루지 못한 사랑에 대한 비밀을 털어놓는 마지막 장면! 기억나시죠? 거기가 바로 앙코르와트입니다. 여러분도 비밀을 털어놓으세요!

소심희 털어 놓을 게 있어야 뭘 털던지 하지.

에드워드박 (창밖을 보며 혼잣말처럼) 비밀 없는 사람은 인생을 논하
지 말라.

서정남 예, 누구나 다 가슴 아픈 사연들은 있기 마련입니다.

소땅이 브레이크를 밟고, 승객들은 갑자기 한 방향으로 쏠린다.

서정남 하하! 벌써 호텔에 도착했군요.

조명과 함께 클래식 음악. 무대는 순식간에 호텔 로비로 바뀐다.
벨 보이가 카드를 들고 등장. 서정남에게 카드를 건넨다.

서정남 (카드번호와 방 번호가 적힌 서류를 찾아 비교한다) 혼자 오신 분?

선우와 미연이 죄지은 사람처럼 손을 든다. 다른 일행들은 그들을 빤
히 바라본다.

서정남 두 분은 일층입니다. 다른 분들은 이층에 잡았습니다.
아침 8시 30분까지 로비에서 뵙겠습니다. 내일은 제가
최고급 평양식당으로 여러분을 모시겠습니다. 자, 2층
분들 먼저 들어가시죠.

서정남이 카드를 각자 나눠준 뒤 벨 보이와 서류를 비교하고 확인 한
다.

사이.

미연은 선우를 흘깃 보면서 선우의 시선은 피한다.

선 우   혼자 오셨죠?

미 연   (놀란 표정으로) 예?

선 우   조심하세요.

미 연   뭘요?

선 우   악어요.

미 연   예?

선 우   인터넷에 떴던데. 악어가 수영한다고. 화장실 욕실에서
        요.

미 연   정말요?

선 우   괜찮아요. 새끼라서 물려도 죽지는 않을 겁니다.

미 연   어머. 지금 저 놀리시는 거죠?

선 우   아예. 그렇죠 뭐. 하하하.

선우는 무대 뒷면 중앙으로 난 출입구로 들어간다.

미연은 피식 웃으며 따라간다.

배사장과 소심희 오선우와 이미연의 대화를 듣고 다시 나와서 얘기한다.

배사장 처음부터 아는 사람들 아닐까?

소심희 알면서 왜 모른 척한댜.

배사장 불륜이라는 두 글자가 팍 스치는걸.

소심희 소설 쓰고 자빠졌네.

배사장 소설이야 자기가 잘 쓰지. 고소공포증 좋아하네. 기내식은 혼자서 다 먹었어요

소심희 (갑자기 눈을 부릅뜬다) 헉. 어이구. 나 오바이트 할 거 같어.

배사장 참아. (소심희와 배사장 급히 나간다)

장복선, 무대로 화가 난 듯 다시 등장한다.

장복선 가이드 양반.

서정남 예?

장복선 룸 말인데. 좀, 떨어졌으면 해서.

서정남 투 룸으로 했습니다. 따님에게 독방 주기를 원하셨죠?

장복선 그게 아니라, 나, 한국사람들과 좀 떨어졌으면 해서. 저기 앞에 간 사람들.

서정남   어쩌죠? 나란히 잡았는데……

장복선   가능하다면 방 하나만이라도 옮겼으면 하는데. 저, 한국
　　　　사람들 없는 층으로.

서정남   예 한번 알아보겠습니다.

서정남, 벨보이와 방 카드를 바꾼 후 장복선에게 전달한다.

벨보이 무대를 정리하고 나간다.

장복선   쌩큐. 미스터?

서정남   서정남입니다.

장복선   미스터 서. 굿나잇.

서정남   사모님도 안녕히 주무십시오.

장복선 퇴장하고 무대에는 서정남만 남아 서성인다.

조명 서서히 어두워지면서 서정남만 비춘다.

서정남   (주위 사람들을 확인한 후 핸드폰을 꺼내 전화를 건다. 속삭인다) 영
　　　　미? (갑자기 울먹한다) 기다렸어? 아침에 갈 거야. 아니. 안
　　　　울어. 행복해서 그래. (사이) 사랑하는 거 알지? 영미. 정
　　　　말, 사랑해. 사랑해. 아, 미치겠다. (사이) 서정남. 이러다

144

죽겠다. 지금 만나면 안 될까? 창밖에서 부엉이 소리 낼게. 부엉이. (퇴장하면서) 부엉이가 여기 없다고? 그럼 원숭이? 원숭이 소리 낼까?

조명이 완전히 아웃되면 유행가 '반갑습니다' 가 무대 전환하는 동안 흘러나오면서 다음 장으로 이어지고 사람들 의자와 테이블을 들고 나온다.

3장. 북한식당, 로미오와 줄리엣

북한식당. '평양랭면' 이라고 쓰여진 플래카드가 내려와 있다. 휘파람 전주가 흘러나온다. 흰 원피스에 가슴에 붉은 꽃을 단 북한소녀 무대로 나와 관객들을 향해 인사한다.

북한소녀 저희 평양랭면을 찾아주셔서 감사합네다. 다음 가수는 평양랭면에서 노래를 부르는 평양 가무단 출신, 일등 가무자, 영어로는 에이수 싱어, 정영미입네다. 큰 박수 보내주시라요.

정영미 무대 뒤에서 등장하여 노래하면 배사장 흥에 겨워 마지막에는 무대로 나와 함께 춤춘다.

정영미 (노래 '휘파람'을 부른다) 어젯밤에도 불었네 휘파람 휘파람 벌써 몇달째 불었네 휘파람 휘파람. 복순이네 집 앞을 지날땐 이 가슴 설레여, 나도 모르게 안타까이 휘파람 불었네.휘 휘휘 호호호 휘휘 호호호, 휘 휘휘 호호호 휘 휘 호호 호. 한번 보면은 어쩐지 다시 못 볼 듯 보고 또 봐도 그 모습 또 보고 싶네. 오늘 계획 삼백을 했다고 생 굿이 웃을 때, 이 가슴에 불이 인다오 이 일을 어찌하랴. 휘 휘휘 호호호 휘휘 호호호 휘 휘휘 호호호 휘휘 호호 호(객석을 향해) 휘휘호호.

배사장과 일행들   휘휘호호.

정영미   (객석을 향해) 휘휘호호.

배사장과 일행들   휘휘호호.

다함께   휘휘호호 휘파람.

노래를 끝마치면, 인사를 한다.

배사장   자, 박수! 우리 기념사진이라도 찍어요.

서정남   사진은 안 돼요.

배사장   요런 기회가 흔치 않아. 어르신! 다들 어여 나와요!

서정남   소땅!

소땅은 정영미 옆에 서서 사진 찍는 자세를 취한다.

서정남이 핸드폰을 주며 사진을 찍게 한다.

'평양랭면' 플래카드를 배경으로 배사장과 에드워드 박, 정영미, 서 정남, 오선우가 선다.

소땅은 '김치' 하며 사진을 찍는다.

에드워드박　아가씨 고향이 어디요?

정영미　남포입네다.

에드워드박　아, 남포. 내 고향은 용강이오, 용강!

정영미　용강!

에드워드박　용강하고 남포는 바로 옆에 붙어 있어요. 아가씨는
우리 고향사람이네요. (악수를 청한다)

정영미　(악수를 한다) 반갑습네다!

에드워드박　아가씨 이름은 뭐요?

정영미　정영미입네다.

에드워드박　나이는?

장복선　심문하세요? 뭘 그렇게 꼬치꼬치 캐물어요.

정영미　나이는, 비밀입네다.

서정남은 정영미를 따라 퇴장한다.

배사장　(퇴장하는 정영미를 보면서) 이쁘다, 이뻐. 오선생, 우리 마누
라 젊었을 적에 딱 저렇게 생겼어요. 긴 생머리에 화장
도 엷게 하고, 옷도 딱 저런 미니 원피스 입고, 뭉텅한

굽에. 맹한 눈으로, 나 잡아 잡쉬요, 했는데, 우리 마누라, 팍 삭아서 그렇지, 봐줄만 했죠. 세월을 되돌릴 수도 없고. 참, 예쁘다. 예뻐.

오선우 배 사장님 사모님이 제 마누라는 아니죠.

배사장 예?

오선우 여기 캄보디아 왕들은 형제끼리 공동의 아내가 있었거든요. 자꾸 우리 마누라 우리 마누라 하시면, 제가 좀 헷갈립니다.

배사장 하하하. 거, 한 유머 하네.

오선우 제 별명이 한남고 유재석입니다.

배사장 그렇게까지 웃기지는 않는데.

이미연 선생님이세요?

오선우 네……

배사장 아, 난 선생, 싫어. 제일 싫어.

오선우 저도, 싫어요. 선생 하는 거.

소심희 속이 불편한 듯 어기적거리며 등장.

배사장 당신 뭐야? 좋은 공연 다 놓쳤네.

이미연 (소심희 안색 보며) 어디 불편하세요?

소심희   속이 좀······

이미연   여기 물이 안 맞으신가 봐요.

배사장   무슨. 집에서도 맨날 저래. 과민성대장증후군.

소심희   그게 다 누구 때문인데. 한의사선상님이시라구유? (자기 배로 미연 손 가져다대며) 여 좀 만져 봐유.

이미연   (소심희 명치 쪽 만져보며) 단단히 뭉쳤네요. 스트레스가 심하신가 봐요······

배사장   너는 왜 좋은데 와서 스트레스를 받냐 (소심희 등짝을 두드린다)

소심희   (배사장을 밀쳐내며) 30년간 당신 뒤치다꺼리 한다고 속이 다 뒤집어졌슈!

소심희 울먹인다, 슬픈 음악 들어온다.

배사장   (변명하듯) 칠년 동안 시아버지 병수발을 했죠. 똥오줌 다 가리고 치매까지 온 노인을, 아들같이 키웠죠. 제가 칠남매 장남입니다. 동생들이 형수가 고생한다고, 아프리카를 보내줬어요. 이틀 동안 비행기 타고 나이지리아 공항에 도착했는데, 동생한테 전화가 왔어. 아버지가 돌아가셨다지 뭡니까. 또 이틀 동안 비행기 타고 한국에 돌아왔어요. 아내는 연달아 사흘을 비행기 속에서 보내더니 완전히 실신했어요. 아내의 고소공포증은 그렇게 탄생한 것입죠.

소심희 생각만 해도 아주 지랄 같아유. 눈 감으면 비행기, 눈 떠도 비행기……

오선우 이번에는 어떻게 오셨어요?

배사장 저의 어머니가 아버지의 뒤를 이어 치매에 돌입했죠. 이 년 됐나?

소심희 이년 삼 개월!

배사장 보름 전에 49제 지냈으니까 한, 두 달 됐나?

소심희 다섯 달!

배사장 이번에는 애들 셋이서 여행티켓을 끊어줬어요. 우리 부부 힐링하라고.

소심희 아이고, 그랬슈? (비꼬듯이) 난 또 인터넷으로 당첨된 공짜티켓 아깝다고 싫다는 내를 억지로 끌고 온줄 알았지. 지가 고소공포증이 있어서 영 비행기 무섭다무섭다하는데도 개처럼 끌고와서 태웠다니께유.

배사장 어허! (살짝 자존심 상한다) 도매로 샀다. 공동구매. 공짜는 아니다. (어색한 분위기를 깨듯) 어르신, 이것도 인연인데 술 한 잔 하시죠.

에드워드박　그럴까요?

장복선　안나야, 말려!

에드워드박　(안나에게) 저스트 리틀빗! 딱 한 모금만 마실게.

장복선 기분 상해서 퇴장하고 안나 뒤따라 나간다.

배사장　어르신 여자들은 원래 그러려니 하시고 건배합시다. 불
타는 캄보디아를 위하여!

일행들　위하여!

일행들 술을 마신다. 서정남 들어온다.

서정남　식사들 하셨어요? 다 하셨으면 먼저 버스에 가 계세요.
정리하고 금방 뒤따라가겠습니다.

배사장　벌써 들어가? 여기 술도 다 안 마셨는데? (탁자 위에 남은 술
잔을 마시며 변명하듯이) 아깝잖어.

일행들 퇴장하면 조명 어두워진다.

서정남은 초조하게 무대 한구석에서 원숭이 소리 낸다.

눈치를 살피며 천천히 등장하는 정영미.

서정남은 가슴 속 풍선이 터진 사람처럼 영미를 와락 껴안는다.

영 미 놓으시라요. 다음 순서에 나가야 합네다.

서정남 영미야. 어제 밤에 원숭이 소리 냈는데 왜 안 나왔어?

영 미 감시가 심합네다.

서정남 피를 말리는 구나. 피를 말려.

영 미 (머리를 매만지며) 그렇게 힘들면 잊으시라요. 여기 오지 마시고, 대동강이나 진달래 같은 다른 식당으로 가시라요.

서정남 너, 나 잊을 수 있니? 나, 안 봐도 돼?

영 미 잊어야 한다면 잊어야지. 그럼 어떡합네까?

서정남 잊어? 잊는다고?

영 미 이를 악물고 잊어야지요.

서정남 나, 죽어도?

영 미 (소리친다) 죽기는 왜 죽습네까? 사나이가 고작 여자 때문에 왜 죽습네까?

서정남 여자 때문이 아니다. 영미 너 때문이다! 영미야. 너 아니면 안 된다. 한국도 버리고 부모도 버리고 여기 캄보디아까지 온 건, 살기 위해서다. 내가 살아난 건 너 때문이야. 영미 네가 나를 살렸으니 너 아니면 죽는다! 죽어!

영 미 정남씨는 저 없이두 잘 살 겁네다. 남조선 여자 만나서,

아님, 여기 캄보디아 여자 만나서 얼마든지 잘 살 겁네다.

서정남 (열에 들뜬 목소리로) 영미. 정영미, 영미야. 제발 제발 제발 도망가자. 다 알아봤어. 한국 대사관에 망명신청하면 된다. 가자, 가자. 가자. 한국 가면 별천지다. 너처럼 예쁜 여자는 배우도 될 수 있다. 최지우처럼 이영애처럼 되고도 남는다. 가서 네가 하고 싶은 거 다 하면서 살자.

영 미 (갑자기 궁지에 몰린 사람처럼 서정남의 얼굴을 양손으로 받쳐들고) 정남씨처럼 혼자만 살겠다고 여기 온 거 아닙네다. 부모님과 어린 동생들이 평양에 있습네다. 나만 바라보고 사는 가족이 있습네다. 사랑해요? 남조선 사람들. 사랑 좋아하죠? 사랑? 사랑이 뭐예요?

서정남 영미……

영 미 잘 들어요. 전 조국을 배신할 수 없습네다. 정남씨 맘이 정 그러시다면, 저와 북한 가서 삽시다.

서정남 (그제서야 정신을 차린 듯 멍하니 영미를 본다)

영 미 저와 함께 가시겠습네까?

서정남 내가, 북한 가길 원해?

영 미 갈 수 있습네까?

서정남 (망치로 맞은 사람처럼 멍하니 서 있다) 거기?…… 한 번도 간 적 없지만, 그래 가자. 너가 가자면 내 갈게 가자!

서정남 물에 빠진 사람처럼 정영미의 두 손을 움켜잡는다.
영미는 서정남의 손을 뿌리치고 돌아선다.

영 미   저, 싫습네다.

서정남   아니, 왜!

영 미   여기 캄보디아가 좋습네다. 정남씨가 마신 공기 저도 마
시고, 정남씨가 맞는 바람, 저도 맞고, 정남씨가 듣는 빗
소리 저도 듣겠습네다. 만나지 않아도 우리 같은 땅에서
서로 느낄 수만 있다면 말입네다. 그러다 시간이 흐르
면, 언젠가는 언젠가는 조국에서도 우리 사이를 이어 주
갔지요.

서정남   통일된 조국?

영 미   (서정남에게 안긴다) 안아 주시라요. 어쩌면 마지막일지도
모릅네다.

서정남   영미.

서정남은 정영미를 꼭 안는다. 둘은 슬픔 속에서 서로 애달프게 안고
또 안는다.

정영미 서정남의 품에서 벗어나 뛰쳐 나간다.

서정남 (멍한 상태에서 벗어나며) 영미야…… 영미야? (정영미가 사라진
곳으로 달려가며 절규한다) 영미야!

서정남은 절규하며 무대 퇴장한다.
조명 암전되면서 천둥 번개가 번쩍이며 빗소리 무대를 휩쓴다.

4장. 들판에 서서

어둠속에서 번개와 천둥이 내려치는 무대.

비바람이 심하게 휘몰아친다.

비옷을 입은 안나 등장하여 카메라를 들여다보다가 카메라 속 사진

장면을 찾듯 주위를 둘러본다.

비옷을 입은 오선우 등장하여 안나를 본다.

오선우   뭘 그렇게 열심히 보세요?

박안나   (사진을 감춘다)

오선우   애인?…… 원래 말이 없으세요?

박안나   (빙그레 웃는다)

오선우   항상 미소만 짓고 계시던데 모나리자 닮았다는 소리 들
어본 적 있어요?

박안나   아뇨.

오선우   이제야 말이 터졌네. 예쁘네요. 목소리. 목소리 들으면
그 사람에게 어울리는 색이 떠올라요. 파랑, 빨강, 노랑,
회색, 보라…… (오선우는 질문하기를 바라며 잠시 멈춰선다) 궁
금하지 않으세요? 안나씨 목소리는 어떤 색인지.

박안나 (빙그레 웃기만 한다)

오선우 또 웃기만 하시네.

안나는 퇴장하고 배사장과 에드워드 박, 소땅이 비옷을 입고 야외파라솔 탁자를 중심으로 피난민처럼 등장한다.

배사장 비는 쏟아지고. 금방 갔다 온다던 가이드 양반은 감감무소식이고……

오선우 돌아오겠지요.

배사장 차라도 두고 가든가. 소땅만 남겨놓고 가면 어떡하란 거야? 소땅 등에 업혀 갈수도 없고……

오선우 아까 보니까 엄청 흥분했던데…… 무슨 사정이 있겠지요.

배사장 사정은 무슨 사정…… 북한 처녀한테 완전히 미쳤더구만.

오선우 그래도 솔직히 부럽던데요.

배사장 그렇게 부러우면 한 번 시도해 봐요. 유부남 유부녀끼리 ㅎㅎ.

오선우 뭐요?

배사장 어르신. 이러고 있을 때가 아니라 어떻게든 돌아갈 길을 찾아봐야 하는 거 아닙니까?

에드워드박 (안주머니에서 작은 술병을 꺼내 한 모금 마신 뒤 도로 주머니에 넣는다) 배사장. 인생을 살아가면서 오늘처럼 당신 혼자 여기 버려지는 상황에 처한다면 어쩌겠소?

배사장 혼자서 여기 왜 옵니까?

오선우 저는 여기 가만히 서서 기다리겠습니다.

배사장 역시 선생다우시군요. 나, 혼자 못 있어요. 어떻게 기다립니까!

에드워드박 무리를 이탈하는 거. 그건 공포요. 이곳 캄보디아를 지배한 프랑스인들은 원주민들을 두려워했을 거요. 다리를 뻗고 잘 수 없는 거. 귀향길을 찾지 못하는 자의 영원한 불안. 불안은 결국 벽을 만들지

배사장 허허. 이런 상황에서 어르신 참 철학적이십니다⋯⋯ 으 추워. 이 여편네는 어딜 간 거야? (소땅에게) 소땅! (전화하는 몸짓) 핸드폰, 핸드폰 전화했어?

소 땅 (웃으며) 오깽. 오깽

배사장 버스는 언제 와? (몸짓으로) 버스! 빨리, 빨리!

소 땅 아! 버쓰. 발리? 기다려, 착하지

배사장 말이 왜 반토막이야. 소땅! 내가 나이를 먹어도 너보다 (팔을 벌리며) 한참 먹었어. (배사장은 일어서다가 아랫배가 당기는

지 살짝 멈춘다) 소땅! 거기가 어디야? (똥 누는 자세를 취한다)

소 땅 (알았다는 듯 웃는다) 따라 와! 착하지!

소땅 앞장서서 퇴장하고, 배사장은 화가 나지만 어기적거리며 따라
나간다.

바람 소리.

오선우 공포, 말인데요. 저는 가끔 혼자란 걸 느낄 때 저 자신이
무서워져요.

에드워드박 그래요?

오선우 혼자 거울을 볼 때면 문득, 뭐랄까…… 제가 참 낯설어
요.

에드워드박 우린 모두가 다 이방인이지요. 나는 미국에서 삼십
년간 외과의사로 근무했소. 야간 근무는 보수가 떠블이
었지. 그러다 정년퇴직하고 한국에 가봤지. 그런데 한국
에 있는 동안 내가 뭘 깨달았겠소…… 아. 나는 고향이
없구나. 어디도 나를 완전히 받아줄 곳이 없구나. 반평
생을 보낸 미국에서도 나를 낳아준 나라에서도 나는 이
방인이라는 생각을 지울 수가 없었소. 이곳 베트남 난민
들도 마찬가지 일거요.

오선우   그러셨군요. 따님도 의학을 공부하신다면서요.

에드워드박   내 아들 쟌 때문에 안나는 처음부터 백인이 되려는 노력을 하지 않았소. 그 대신 명석한 머리로 장벽을 뛰어 넘었지.

오선우   아드님 이름이 쟌인가 보죠?

에드워드박   아내는 쟌을 완벽한 미국인으로 만들고 싶어했고, 어느 정도 성공했죠. 하지만 아들의 비극은 백인그룹에도 한국인 그룹에도 완벽하게 끼지 못했다는 사실이오.

오선우   그런데 왜 아드님은 같이 안 오셨어요?

에드워드박   ……

소심희, 장복선 이미연 안나가 등장한다.

소심희   내가 이럴줄 알았어. 제주도로 갔어야 되야……

장복선   I hate like this country!

사람들 모두 장복선을 쳐다본다.

소심희   사모님은 한국사람 같지 않고, 외국사람 같아유.

장복선   제가 뉴욕에서 오래 생활했다보니……

소심희 뉴욕이유? 아이구 부럽네유. 그럼 고향은 어디래유?

장복선 …… 양양.

소심희 양양? 강원도 양반이네

장복선 쌀쌀맞은 표정으로 대꾸도 않는다.

안나, 에드워드 박을 보고 손을 든다.

안나 대디.

장복선 (에드워드 박을 의식하면서) 싼데 오니까 별 희한한 일을 다 당하네. 이런 곳에 왜 끌고 온 거야. 난, 가난을 구경하고 싶지 않아. 가난이 구경거리니? 네 대디는 남의 말은 죽어도 안 듣지. 죽어야만 변할 걸.

에드워드박 아내는 나 욕하는 재미로 산답니다. 죽어서 관속에 들어가도 안 변할 겁니다.

오선우 그만큼 사랑하기 때문 아닐까요?

에드워드박 사랑…… 사랑이 뭐라고 생각하십니까?

오선우 글쎄요. 제가 사랑을 했었는지도 잘…… (웃는다)

에드워드박 사랑은 이해지요. 이해를 하려면 일단 배워야 합니다. 사랑을 주는 것도 배워야 하지만 (장복선을 바라보며) 사랑을 받는 자세도 배워야하죠.

장복선   아이 돈 언덜스텐 듀.

에드워드박   실크로드, 티벳, 인도, 러시아까지. 호강하며 살게
해 줬소. 6개월은 반포 아파트, 6개월은 뉴욕에서. 그래
도 아내는 만족을 몰라요. 자기가 보봐리부인이나 되는
줄 알아. 호강하며 살게 해줬더니 은혜도 몰라!

장복선   저이한테 뭘 말하겠어. 내가 엑세서리지 와이프야? 실
크로드, 티벳, 러시아니 모두 자기가 초이스한 튜어지,
내가 초이스했냐고! Not my choice!

박안나   마미!

에드워드박   (얼굴이 굳어진다. 웅얼거리듯) 무식한 촌년의 한계야. (치미
는 분노를 억누르며) 저 들판이 뭘 말하는지 몰라. 아니 들어
도 몰라. 왜? 귀가 막혔으니까. 저 여자의 허영에 내 삶
은 응급실에서 끝났어. 가난한 한국땅에서 선교사의 도
움으로 의사가 되었지. 그게 뭘 말하는지 알아? 낯선 인
종의 신에게 아첨하고, 내 조상의 나약함을 원망하는
일. 아무리 발버둥쳐도 벗어날 수 없는 한계와 싸우는
일!

장복선   무식한 촌년은 뭐 해피했는 줄 알아?

에드워드박   싫으면 돌아가!

박안나   대디!

장복선　　내가 왜 여기까지 와서 이런 꼴을 봐야겠어? 지뢰박물관, 하. 당신, 우리 아버지가 지뢰 밟고 죽은 건 기억도 못하지? 내가 왜 여기 따라 온 줄 알아? 맨날 말로만 철학가행세 하지만 정작 아무것도 모르면서. 사랑의 이해? 당신은 나를 이해하려 해 봤어? 당신은 아무것도 몰라!

장복선 퇴장한다. 안나 장복선을 따라 나간다. 사이. 자동차 클랙슨 소리. 암전.

5장. 킬링필드

압살라 무희. 무대 중앙으로 들어와 관광객들을 유혹하는 춤을 춘다.

아이들이 관객을 향해 팔지를 들고 '원달러'를 외친다.

잠시 후 소땅이 쫓아오는 모습을 발견하고 아이들과 무희는 달아난다.

일행들 등장한다. 소심희는 캄보디아 바지를 입고 있고 오선우는 작은 북을 샀다.

서정남은 이마에 큰 반창고를 붙인 상태다.

서정남   불쌍해서 동정심에 물건 사주시면 저 사람들 평생 구걸밖에 못 합니다. 안 사 주는 게 도와주는 겁니다.

배사장   우리 어릴 때 생각나네. 미군들 지나가면 기브미 초콜릿, 캔디, 플리즈! 그거 먹고 이 많이 썩었지.

오선우   그땐 칫솔도 없었죠?

서정남   보기보다 연세가 있으신가 봐요?

오선우   연세는 좀……

배사장   서정남씨 이마는 왜 그랬어요? 평양냉면 유리창에 박았다는 소문이 있던데…… 그 북한아가씨랑 잘 안됐나?

서정남   (당황하며) 아, 다들, 아시는군요……

배사장 그럼 캄보디아에 소문 다 났어

서정남 영미는…… 정영미씨는…… 오늘 북으로 갔어요. 같이 북에 가자 그랬는데 솔직히 제가 북한 가서 뭐합니까? 북한에서 절 받아줄지도 모르고. (사이) 살다보면 잊을 날이 오겠지요.

배사장 그럼! 사랑이 별건가. 그런 말 있잖나. 세상은 넓고 여자는 많다!

서정남 전 여러분만 모시고 한국으로 돌아갈 겁니다. 한국 가서 (울컥) 좋은 사람 만나서, 자식도 많이 낳고, 잘 살 겁니다. 아무튼 여러분은 제 마지막 고객이니 최선을 다해서 마지막까지 열심히 모시겠습니다! (고개 숙여 정중히 인사한다)

소심희 박수!

일행들 박수 치고 오선우는 작은 북을 친다.

서정남 감사합니다. 그런데 일정이 조금 바뀌겠습니다. 여기 킬링필드 다음 유물 박물관 투어가 예정돼 있었지만, 박물관이 마침 공사 중이라네요. 가봐야 돌덩이 몇 개뿐, 볼 것도 없습니다. 그래서 준비했습니다. 원래는 50불인데 제가 어제 실수한 것도 있고 해서 공동경비 10불만 받고 라텍스공장, 진주공장, 마지막으로 마사지샵 풀코스! 가겠습니다!

오선우   옵션관광을 꼭 해야겠습니까? 앙코르와트만 봐도 괜찮을 것 같은데. 하루 만에 어떻게 이 넓은 유적을 둘러봅니까?

배사장   그래. 비싼데 그런 델 뭐하러 가.

서정남   우리 가족님들 참, 모르시네. 라텍스, 진주공장은 구경만 하세요! 하지만 마사지는 꼭 받으시길 바랍니다! 여독은 여행지에서 풀어야 일상으로 복귀하기 쉽거든요.

소심희   그려 마사지가 좋았어.

서정남   그러니 저만 믿고 따라오십시오!

일행들 퇴장하면, 안나와 장복선만 남는다. 서정남 안나를 부른다.

서정남   빨리 오세요.

안나가 손을 들어 답한다.

장복선   손 흔들지 마. 사람들이 널 동급으로 여기는 게 싫어.

안나   마미, 걱정 말아요.

장복선　해골 같은 건 보고 싶지 않아.

안나　(관객을 가리키며) 우리 저기, 저애들이 파는 팔찌 하나씩 해요. 싸요. 원달라.

장복선　(관객너머를 보며) 안나야. 저 여자애 나 닮지 않았니? 강원도 양양의 촌년! 깡마른 몸. 새까만 얼굴. 뭉텅한 단발머리. 아무 생각 없는 눈! (안나에게) 대디에게 가있어. 뒤따라 갈 테니까.

캄보디아 소녀가 팔찌가 든 바구니를 들고 등장한다.

소 녀　원달러. 원달라. (장복선이 본다)

장복선　노 (무시하고 나가려다, 잠시 아이를 바라본 후) 두유 해브 어 마더?

소 녀　노.

장복선　듀유 해브 어 파더?

소 녀　노.

장복선　애니 패밀리?

소 녀　그랜드 맘, 온리 그랜드 맘.

장복선　온리 그랜드 맘. 리얼리?

소 녀　예스.

장복선은 소녀를 본다. 지폐를 준다. 소년은 장복선에게 팔찌를 건넨
다.

장복선은 비로소 미소를 지으며 팔찌를 고른다.

소녀는 하늘을 가리키며 긴 무대 앞으로 가로질러 달려가며 단어를
외우듯이 소리친다.

소 녀　아줌마 이영애. 멋져요! 예뻐요!

장복선은 사라지는 아이를 보면서 미소짓는다.

무대 킬링필드 전시장으로 변한다.

킬링필드 영상.

바람소리 고조되면서 캄보디아에 폭탄 투하하는 영상 들어온다.

이어서 비처럼 쏟아지는 폭탄들이, 학살된 해골영상이 스크린에 투
사된다.

일행들 천천히 영상 속에서 걸어 나온다.

서정남　지금 여러분이 보시는 곳은 해골탑입니다. 학살된 실제
　　　　해골들을 모아서 만든 탑입니다. 킬링필드! 죽음의 필
　　　　드! 십년 동안 150만 명에서 160만 명의 민간인이 학살
　　　　당한 곳을 말하는 것입니다. 처음에는 미국이 캄보디아

에 있는 베트콩 잡겠다고 폭격해서 한 80만 명 죽고, 다음에는 크메르 루즈 정권이 자국민들을 80만 명쯤 죽였죠. 혹시 폴포트라고 들어 보셨나요?

오선우 공산주의 이상국가를 건설한다는 명분으로 자국민을 학살한 사람 아닌가요?

서정남 역시 선생님이라 다르시네요. 폴 포트를 사람 이름으로 알고 계시는 분이 많은데 실은 캄보디아어로 큰형님이란 뜻입니다. 그래서 지금도 캄보디아에서 큰형님이라는 말은 안 씁니다. 사람목숨을 파리 목숨 마냥. 정말, 기막힐 일이죠.

오선우 (수첩을 손에 들고) 혹시 들어보셨어요? (수첩을 펼치고 읽는다) 네이팜탄. 에이전트 오렌지, 클러스터밤.

서정남 예?

오선우 미국이 캄보디아에 퍼부은 폭탄 이름인데, 한 번 적어봤어요. 열대과일 이름 같죠?

서정남 저 대신 가이드하면 잘하시겠네. 한번 해보실래요?

오선우 아닙니다.

서정남 그럼 제가 계속 하겠습니다. (사람들, 웃는다) 어쨌든, 2차세계대전 당시 일본에 투하한 폭탄이 16만 톤이었는데 69년에서 73년까지 미국은 53만 9천 톤의 폭탄을 쏟아

부었답니다. 히로시마 핵폭탄 25배나 되는 파괴력이지요. 캄보디아 비밀폭격을 명령한 키신저는 노벨평화상을 받았어요. 당시에 캄보디아는 중립국이었고, 전쟁선포도 하지 않은 상태였죠.

소심희는 사진을 찍기도 하면서 진지하게 바라본다. 배사장은 자꾸만 걸음이 늦어진다.

서정남   한 방에 싹슬이하는 거. 이게 바로 전형적인 미국 스타일이죠. 정글 없앤다고 비행기로 제초제인 고엽제를 뿌려서 얼마나 많은 사람들이 그 후유증으로 죽어 갔습니까? 한국 군인들에게 알렸어야죠. 언제 뿌리니까 밖으로 나오지 마시오. 우리나라 군인들은 벌레 퇴치약인 줄 알고 반가워하면서 온몸에 발랐다니! 기가 막혀요! (갑자기 분노한다) 우리나라 분단도 우리가 했습니까? 우리가 원했냐고요!

일행들, 서정남을 바라본다. 서정남 스스로도 당황한다.

서정남   죄송합니다. 10분 정도 드리겠습니다. 둘러보시고 버스

앞에서 모이시겠습니다.

서정남 나가면, 사람들 흩어져 전시실을 둘러본다.

배사장 여기 생전 처음 왔는데, 전에 꼭 온 거 같네.

소심희 나 저기 볼 게 있어유.

배사장 이리 와봐.

소심희 보는 것도 맘대로 못 봐

배사장 내가 말이야. 기억을, 잊은 줄 알았는데, 아니, 까맣게 잊었는데, 어떤 장면이 영화처럼 생생하다. 내가 민주화 운동하다 끌려갔는데, 하루는 야밤에 간수 새끼가 날 깨우더니 산으로 끌고 가는 거야. 야, 이제 죽었구나 생각했지. (학살사진을 보면서) 근데 가보니…… 저 사진처럼 뭔가 구덩이에 수북이 쌓여 있는데…… 처음에는 죽은 동물 시첸 줄 알았는데 그것이 시체였어. 아무리 묻어도 자꾸 갖다 붓는데, 어디서 죽였을까. 그 많은 시체를.

소심희 이상하네. 당신은 대학교도 안 나왔는디 어디서 민주화 운동했대?

배사장 뭘 따져…… 따지긴…… 아이고, 배야. 화장실!

소심희 나는 여서 사진 좀 찍을라는데유.

172

배사장 아, 어디여 빨리 가!

배사장과 소심희 퇴장하면 해골 탑 영상아래서 캄보디아 아이가 돌
탑을 쌓으면서 뛰어논다.
에드워드 박과 장복선이 싸우는 소리가 스피커에서 흘러나온다.

에드워드박 (소리) 안나야. 죽은 사람은 말이 없다지만 우리에게
죽음은 끊임없이 말을 걸어온단다. 시커먼 저 해골들은
타살 당했다고 소리치고, 구멍 뚫린 저 해골은 소녀였다
고 말하는구나. 집단피해망상과 신경증. 공포를 동반한
광기가 불행을 세습시킨다. 자기 눈을 찌르는 한이 있더
라도 우리는 진실을 봐야 한다. 진실을 마주 할 용기가
없으면 다른 사람을 죄인으로 몰아세우지!

장복선 (소리) 안나야. 잘 봐라. 저기, 맨발의 남자애. 저애를 미
국에 데려가면 의사는 만들 수 있겠지. 하지만 절대, 좋
은 아빠는 될 수 없을 거다. 왜냐구? 저 아인 좋은 아빠
보다, 좋은 의사로 길들여질 테니까. 누구처럼, 자기 아
들이, 아빠를 간절히 원할 때, 병원응급실에 처박혀 있
을 테니까! 흥! 특급수당 받아야 하거든! 따블 따따블이
니까.

173

에드워드박 (소리) 무식한 촌년!

장복선 (소리) 알콜중독자!

박안나 (소리) 이제 그만 하세요! 제발!

아이는 갑자기 놀란 듯 무대를 퇴장한다.

영상에는 킬링필드 학살사진이 흐른다.

미연과 선우 전시실로 들어온다.

이미연 정말 끔찍하네요.…… 광주 같아요.

오선우 거기 출신이세요?

이미연 아뇨! 요즘은 이런 이야기들이 드라마나 영화로 잘 만들어지잖아요. (사이) 거기 출신이세요?

오선우 아니요. 우리 땐 외신 기자들이 찍은 사진, 비디오로 이런 걸 봤죠. 학생회에서 성지순례 하듯이 버스대절해서 광주도 갔다 오고요.

이미연 저는 안 갔어요. 관광하는 것도 아니고. 죽음을 구경하러 가는 게 왠지 불순하게 느껴져서요. 전에 여기 왔을 때도 불순하게 느껴져서 싫었는데, 지금은 오히려 저 해골들이 절 위로해 주는 것 같네요.

오선우 여기, 전에 와 본 적 있어요?

이미연 네. 신혼여행으로요. 이상하죠?

오선우 좀 그렇네요. 허니문에 학살의 현장을 구경 한다는 게.

이미연 그래서 그렇게 되었나 봐요.

오선우 예?

이미연 (당황하며) 아뇨 (화제를 돌리듯) 몇 년생이세요?

오선우 몇 년생 같아요?

이미연 73?

오선우 댁도?

이미연 제 주위에 황소남자는 처음 만나요. 다들 어디서 뭘 하고 사나 궁금했어요.

오선우 왜요?

이미연 그냥요.

오선우 황소시구나.

이미연 황소는 아니고 황소하고 학교 다녔어요.

오선우 범띠시구나.

이미연 (마지못해) 예.

오선우 (이미연에게 불쑥 손을 내밀어 악수를 청한다) 사실은 저도 범띠예요. 섭섭하이.

이미연, 손을 뺀다. 오선우 어색한 미소를 짓는다.

이미연　(사이) 학교 다닐 때 데모 해 봤어요?

오선우　아뇨. 알바하느라 바빴죠. 대학 복학 하자마자 IMF 터지고 어떻게든 살아야 했으니까. 그래서 선생이 됐어요. 안정적이고 싶었거든요. 그런데 이젠 안정이 무슨 뜻인지도 모르겠어요…… 이제까지 일만 하다가 이렇게 나이 들어서야 처음으로 해외여행을 다 왔네요. 미연씨는요?

이미연　저도……

오선우　뭐하셨는데요?

이미연　도서관에서 일했어요.

오선우　아, 그 얘기 들으니까 갑자기 미안해지네요.

이미연　왜요?

오선우　학교 도서관에서 책 한 권 빌리고 그대로 졸업하는 바람에 아직도 반납을 못했거든요. 17년 지났는데 연체료가 어마어마하겠죠?

이미연　저는 고등학생 때 책 한 권 훔친 적 있어요.

오선우　정말요?

이미연　네. 내가 왜 그랬더라…… 지금은 이유도 기억 안나요.

오선우　보기보다 대담하신데요.

이미연　그땐 어렸으니까요.

오선우   살다보면 그런 탈선을 한번쯤은 저질러 보고 싶어지죠.

사이.

오선우   그러고 보니 사진 찍는 걸 못 봤네요.
이미연   별로 찍고 싶지 않아요. 찍어줄까요?
오선우   별로 찍고 싶지 않아요. 찍어줄까요?

두 사람 활달하게 웃는다.

오선우   여긴 좀 그렇고, 저쪽으로 가서 찍어주세요.

오선우, 이미연 자리 이동한다.

이미연   포즈 좀 취해 보세요.

선우 어색하게 브이.

이미연   김치~ (찍는다) 아, 눈 깜박였어요. 다시 찍을게요.
오선우   컨셉이에요.

이미연 하나, 둘, 김치. (다시 찍는다)

오선우 이제 제가 찍어 드릴게요. 일루 오세요.

이미연 앗, 이러다가 일행들 놓치겠어요. (서둘러 퇴장한다)

오선우 미연씨!…… 핸드폰은 주고 가셔야죠!

오선우가 이미연 따라 퇴장. 암전.

6장. 우리가 만나지 못했던 시간들

호텔.

조명 밝아지면, 무대에는 다섯 개의 방이 각자 보여진다.

선우와 미연의 방이 나란히 있고,

위쪽으로 배사장과 소심희가 든 방, 그 옆에 혼자 있는 에드워드박.

그리고 그 옆에는 안나와 장복선이 있는 방이다.

미세하게 도마뱀이 우는 소리. 갓난아기의 옹알이 같은 소리다.

선우는 수첩에 뭔가를 꼼꼼하게 적고 있다.

미연은 슬립차림으로 옷을 정리하고 있다.

배사장은 변기에 앉아 있고, 소심희는 수동식 카메라를 열심히 닦고 있다.

안나는 디지털 카메라를 들여다보고, 장복선은 화장을 지우고 있다.

에드워드 박은 돋보기를 쓰고 책을 보면서 졸고 있다.

화장실 물 내리는 소리 들린다. 배사장이 엉거주춤 걸어온다.

배사장 소나기처럼 좍좍 쏟아지네.

소심희 그만 먹으라 해도 돼지새끼처럼 먹더니만

배사장 무겁게 왜 그런 걸 들고 왔어? 핸드폰 카메라 쓰면 되지.

소심희 나는 이 소리가 참 좋은디. (배사장을 찍는다) 찰칵!

배사장 어따. 이 여편네가. 어서 초상권 침해야.

소심희 들었지유? (셔터를 누르며) 찰칵! 찰칵! 소리 좋지유.

배사장 고만 혀. 필름 아까워.

소심희 처녀적에 사진도 많이 찍었는디…… (갑자기 울화가 치민다) 시부럴! 여기까지 델꼬 와서 사진두 맘대로 못 찍게 하는 겨? 인제부터 나는 내 허고 싶은 대로 허구 살 거니께 그런 줄 알어.

배사장 누가 말려?

소심희 봉마담이랑 바람날 때 그냥 줘버릴걸. 뭐 하러 붙잡았을까. 그때 줘버렸으면 지금 나는 활개치고 다닐 텐데. 내가 미친년이여!

배사장 미친 건 나다, 나. 봉마담이랑 확 살았어야 하는데.

소심희 이런, 씨부럴.

배사장 지금이라도 찾아볼까?

소심희 진짜지?

배사장 그래, 못할 거 있남?

소심희 그려? 그라믄 조건이 있어!

배사장 뭐?

소심희 집이랑 가게 건물이랑, 다 내 꺼여.

배사장　이 여편네가 미쳤나! 건 절대 안 되지.

소심희　안 주면 내 소송할 꺼여.

배사장　소송? 허! 참! 소심희가 여기 와서 뭘 먹고 대심희가 됐나?

소심희　내가 내 새끼들 애미 없는 애들 안 맨들라고, 애비 없는 애들 안 맨들라고 이 악물고 살았어. 그러니께 당신도 막내 결혼할 때까지 참어, 그때 이혼해 줄게.

배사장　허 참, 농담도 못하나 이 여자.

소심희　당신, 나 협박 많이 했지? 밥이 질어도 이혼헌다, 밥이 되도 이혼헌다, 집에 냄새나도 이혼헌다, 잠자리 안 해 줘도 이혼한다!

배사장　누가 들어, 이 여자야.

소심희　누가 들었으면 고맙지. 넘 눈치 보느라 부부싸움도 맘 놓고 못허고, 이 소심희가 안 미친 게 기적이여! 기적!

배사장　아 좀…… 고만 해라. 내가 다 고맙게 생각하니까 화 풀어라. (배사장, 소심희의 가슴을 파고 든다.) 여 분위기도 좋은데 불타는 밤을……

소심희　아프다…… 당신은 좋을지 몰러도 나는 지옥이여, 지옥.

배사장　(신호가 온다) 으매! 또……

배사장은 어기적거리며 변기에 앉고, 소심희는 카메라를 들어 공격적으로 여기 저기 셔터를 눌러댄다.

조명 오선우 방을 비추면, 오선우 프론트에 전화를 건다.

오선우 Hello, give me hot water. Understand. Ok? Hot water please. thank you.

오선우는 컵라면의 뚜껑을 열고, 스프를 담는다.

조명 장복선의 방을 비춘다.

박안나 아빠 혼자 자게 할 거예요?

장복선 (계속 화장 지우는데 열중하며) 응.

박안나 …… 엄마.

장복선 우리 각방 쓴 지 오 년 됐다.

박안나 …… 알아요, 엄마. 오빠가 죽은지도 오 년 됐으니까.

화장을 멈추는 장복선.

안나는 모른 척 디지털 카메라만 들여다본다.

박안나 오빠는 오 년 전, 앙코르와트에 왔어요. 여기 사진이 있는데…… 엄마! 보실래요?

장복선 (우는지 웃는지 모호한 표정으로) 아니.

박안나 앙코르와트에 가면, 오빠가 찍었던 장소에서, 우리도 사진 찍어요. 오빠는 웃고 있어요. 보실래요?

장복선 (짧게) 노!

박안나 아빠가 왜 오지로만 여행하는지 아세요? 오빠가 다녔던 흔적들을 찾아가는 거예요. 오빠가 찍었던 장소를 찾아서, 우리도 사진을 찍었어요. 이제 마지막이에요 마미. 앙코르와트가 오빠 여행의 마지막 장소였어요. 보실래요?

장복선 안나. 너도 네 아빠처럼 잔인하구나.

박안나 똑같은 상처를 가진 사람끼리 왜 싸워야 하죠?

장복선 (경고하듯이) 안나야!

박안나 아빠도 노력하고 있잖아요. 남은 가족을 위해서……

장복선 네가 뭘 알아! 너도 네 아빠랑 똑같아. 너도 네 아빠처럼 똑같이 잔인해. 니 아빠가 노력했다고? 지금 노력한다고? 이제 와서! 이제 와서 노력하면 뭐가 달라지는데! 쟌이 살아 있을 때는 뭐하고? 우리가 필요할 때 언제 니 아빠가 우리 곁에 있어준 적 있어? 단 한번이라도?! 우릴 위해서 돈을 벌었다고? 호강시켜줬다고? 웃기지 말라 해. 그저 자기만족! 피부 누런 동양인! 그 지겨운 얼등감을 어떻게든 묻어보려고 일에만 매달린 주제에! 니 아빠는 우리보다 자기가 더 중요했어. 지 자존심이 더! 그런데 이제 와서…… (힘 빠진 듯) 고통을 직시하라고? 그래야 상처가 치유된다고? 쟌의 흔적을 더듬는다고…… 난 안돼. 난 내 자식 먼저 보낸 고통 그렇게 못 잊어…… 이제 지긋지긋해. 너도 너희 아빠도…… 정말…… 지긋지긋하게 이기적이야.

사이.

박안나 마미, 우리 서로, 용서해줘요.

장복선 ……

박안나 혼자 우는 것도 그만 하시고요.

장복선 (깊은 슬픔이 올라 오는 걸 느낀다) 그만……

안나는 장복선 앞에 디지털 카메라를 놓고 나간다.
장복선은 디지털 카메라를 한참 바라보다가 들여다본다.
웃는 아들의 얼굴을 보면서 순간 아주 짧게 미소 짓는 장복선.
갑자기 디지털 카메라를 안고 소리 나지 않는 통곡을 한다.
사이.

안나는 아버지의 방에 노크한다.

에드워드 박, 책을 펼쳐들고 있지만 보고 있지 않다.

에드워드박   안나니?

박안나   네, 아빠.

에드워드박   들어와라.

안나는 에드워드 박 앞에 선다.

박안나   사진, 보여줬어요.

잠시 침묵. 휴대용 술병을 드는 에드워드 박.

에드워드박   위스키 한 잔 할래?

안나는 술병을 든 에드워드박의 손을 부드럽게 제지하고 그를 안고

등을 토닥인다.

에드워드 박은 안나에게 안겨 관객너머로 공허한 시선을 던진다.

벨보이가 주전자를 들고 선우 방 앞에서 노크한다.

선우의 방에 조명이 들어온다.

오선우	네.
벨보이	(손가락으로 주전자를 가리키며 물이 매우 뜨겁다는 몸짓을 한다)
오선우	쌩큐.
벨보이	베리 핫!
오선우	쌩큐.

벨보이 나가면, 선우는 컵라면에 물을 따른다.

물이 남은 주전자와 남은 한 개의 컵라면을 보고 뭔가를 생각한다.

선우는 미연의 방문을 노크한다.

이미연, 문을 열지 않고 귀를 기울인다.

오선우	저기…… 주무세요?
이미연	누구세요?
오선우	옆방의 오선웁니다.
이미연	(문을 열지 않고) 무슨 일이세요?
오선우	저…… 컵라면 드실래요? 하나가 남아서.
이미연	아뇨. 전 괜찮아요…… 너무 늦어서요.
오선우	네. 혹시 배가 고플까봐서요
이미연	전 괜찮아요.
오선우	예. 안녕히 주무세요.

이미연 잠깐만요. 거기 놓고 가실래요? 문 앞에. 제가 지금 차림이 그래서……

오선우 네.

이미연 고맙습니다. 잘 먹을게요.

오선우 내일 봐요.

이미연 네. 안녕히 주무세요.

선우는 자기 방으로 돌아가고, 미연은 문을 열고 컵 라면을 주워든다.

미연은 컵라면을 탁자 위에 놓고 가만히 바라본다.

선우는 이번에 뜨거운 주전자를 들여다본다.

잠시 후, 선우는 주전자를 들고 미연 방 앞에 간다.

오선우 (노크한다) 저, 물 가져왔는데요. 이거 아직 뜨거워요.

이미연 고맙습니다.

오선우 문 옆에 둘게요. 안녕히 주무세요.

이미연 네. 안녕히 주무세요.

미연, 문 앞에 서 있고 선우, 자기 방으로 돌아와서 멍하니 컵라면을 바라본다.

미연은 긴장감에 방안을 서성이다 방문을 열고 나간다.

미연은 주전자가 뜨거워서 놓쳐버린다.

도마뱀이 호텔 전체를 갉아먹는 듯한 소리 터진다.

선우는 방에서 나와 미연과 마주친다.

복도에 조명 들어오면 미연과 선우는 마주 서서 머뭇거리다가 포옹한다.

음악.

동시에 다른 방에 조명 강하게 들어오면 사람들의 모습 몽타주처럼 보인다.

소심희는 카메라를 세세하게 닦는데 열중한다.

배사장은 소심희를 낯선 여자 보듯 바라보면서 엉거주춤 서 있다.

안나는 아버지의 볼에 키스하고 복선이 있는 방으로 돌아간다.

장복선은 카메라를 넋 나간 사람처럼 멍하니 쳐다보고 있다.

안나는 주머니에서 담배를 꺼내 불을 붙여 한 모금 길게 빨아들인다.

불붙인 담배를 엄마에게 주는 안나.

그걸 받아 한 모금 깊게 빨아들인 뒤, 긴 한숨을 쉬듯이 내뱉는 복선.

담배 피는 엄마를 가만히 바라보는 안나.

에드워드박은 위스키를 마신다.

하나 둘 퇴장하고 마지막으로 장복선이 퇴장하면 암전.

7장. 앙코르와트

앙코르와트 장면이 영상으로 투사된다.

거대한 석상과 천상으로 오르는 가파른 계단

다섯 개의 봉우리가 희미하게 비치는 호수

선우와 미연이 새벽의 회랑 사이를 천천히 걸어 나온다.

이미연   해가 몇 시에 뜬다고 했죠?

오선우   여섯시 반 정도에 뜬다고 했는데……

이미연   해가 뜨면 여기 호수에 저 다섯 개의 신전이 다 비친데
         요. 10개의 봉우리를 보고 소원을 빌면 이루어진다고.

오선우   미연씨는 무슨 소원 비실 거예요?

이미연   그거 말하면 안 이루어지는 거 아녜요?

오선우   하하. 그런가요.

이미연   선우씨는 소원 있으세요?

오선우   앙코르와트로 떠나기 전에 새로운 사실을 알았죠. 십오
         년 동안 매일, 그것도 같은 길만 반복해서, 출퇴근했다
         는 사실을요! 늘 똑같은 길! 어떻게 매일 같은 길로만 갔
         던 거죠? 단 한번이라도, 다른 길을 생각할 수 있었을

텐데…… 마을버스를 타고 안국역에서 내리죠. 1번 출구에는 파리 크라상, 2번 출구에는 뚜레주르, 3번 출구에는 크라운베이커리. 빵 냄새는 지하 깊숙이 퍼져요. 비 오는 날에는 특히 더!

(사이) 지하철은 3분 간격으로 도착해요. 맨 뒤쪽에서 타면, 충무로역에서 4호선 갈아탈 때 아주 쉬워요. 계단만 올라가면 되니까. 수유역 1번 출구로 나와서 곧장 마을버스를 타요. 그렇게 마을버스로 5분, 도보로 10분 가다 보면, 임대아파트 숲 속에 제 직장이 있습니다.

어느 날 우연히, 직장에 가는 다른 길을 발견했습니다. 그래서 저는 십오 년 동안 미련스럽게 반복했던 출퇴근 노선을 바꾸기로 결심했습니다. 이제 한 번도 가지 않은 길을 가리라! 그런데 변화는 간단한 문제가 아니었죠.

나도 모르게 가던 길로만 갔습니다. 제 발이 제 생각보다 먼저 전철을 타게 한 거죠. 생각이 전철에서 내리게 했어요. 이번에는 습관이 전철을 타게 했어요. 다시 전철을 내렸어요. 다시 전철을 탔어요. 내리고 타고 내리고 타고 내리고 타고……

그날, 직장에 가지 못했습니다. 한 번 더 시도해봤어요. 하지만 십오 년 동안 다닌 길 외에는 학교로 갈 수 없었어요. 저는 충격을 받았습니다…… 정신과 의사는 형을 용서해야 한다고 말해줬죠. 전철을 타고내리는 행위와 형을 용서하는 행위는 전혀 관계가 없는데……

모험심이 강했던 우리 형은 저에게 많은 선물을 주었습니다. 앞으로 십오 년 더 갚아야 할 빚, 세 명의 조카들. 관절염 걸린 엄마와 치매 걸린 아버지. 어디에서도 보상받을 수 없는 나의 삶. 나는 행복합니다. 행복해서 노숙자가 부러웠습니다! 그들 옆에 누워, 나도 오줌을 지리고, 함께 자고 싶었어요. 떠나기 전에 저는 응급 환자였던 거죠.

이미연　이젠, 괜찮으세요?

오선우　괜찮아요.

이미연　돌아가면, 길, 잃어버리지 마세요.

오선우　고마워요…… 미연씨는 왜 혼자 오셨어요?

이미연　저도, 풀어야 할 숙제가 있어서요.

오선우　논문 쓰세요?

이미연　(피식 웃는다) 아뇨. 그냥, 제가 결정을 내려야 하는데, 그 결정이 두려워서요.

오선우　저도 알면 안 될까요?

이미연　아직은 말하고 싶지 않아요.

오선우 그럼 말하지 마세요.

이미연 말해도 상관없을 것 같아요.

오선우 미연씨 편한대로 하세요.

미연, 머뭇거리다 호수를 향한다.

이미연 〈화양연화〉 보셨어요?

오선우 그럼요.

이미연 마지막 장면…… 기억나세요?

오선우 네. 텅 빈 사원을 양조위 혼자 걸어가죠.

이미연 사원의 구멍에 비밀을 말하고 진흙으로 메워넣잖아
요…… 뭐라고 말했을 거 같아요?

오선우 아마 사랑한다고 말했겠죠.

이미연 아마 이렇게 말했을 거예요. (울분을 토해내듯) 임금님 귀는
당나귀 귀!

오선우 이미연을 보지만 이미연은 오선우를 보지 않는다.

이미연 우리는 우리 자신을 다른 사람의 슬픔으로 치장한 것 같
아요. 제 슬픔과 마주해야죠. 외면하면, 계속 남겠죠. 풀

지 못한 숙제처럼…… 남편은 일 년 동안 집에 오지 않
았어요. 용기가 없어서 남편 사무실로 찾아가지도 않았
죠. 남편은 조금씩 자신의 물건을 가져갔어요. 그리고
전화도 하지 않고 집에도 오지 않았어요. 일 년 동안 남
편을 기다렸어요. 아이가 있다면 돌아왔을까? 아이가
있다면, 우리는 다른 사람처럼 살아갈 테지. 개도 소도
고양이도 새끼를 낳는데, 내 자궁은 벌써 늙어버린 걸
까.

사이.

오선우 미연씨, 이제 해가 뜰 것 같아요
이미연 저 혼자 있고 싶어요.
오선우 미연씨는 저하고 반대네요. 저는 책임질 사람이 너무 많
아서 지치고, 미연씨는 책임질 사람이 너무 없어서 지치
고……

오선우 앙코르 영상 뒤로 사라진다.
이미연은 핸드폰으로 전화를 건다. 신호음.

남자목소리 여보세요?

이미연 나야.

남자목소리 응.

이미연 우리, 이혼하자.

남자목소리 …… 그래.

이미연 끊을게.

남자목소리 응.

전화를 끊고 허탈하게, 조금은 슬픈 듯이 웃는 이미연.

조명은 미연의 뒤에서 서서히 밝아지고 우주의 심연처럼 빛나는 호수를 비춘다.

이미연 호수를 바라본다.

잔잔하고 서글픈 음악이 흘러나온다.

무대로 등장하는 사람들을 배경으로 수정의 소리가 스피커에서 흘러나온다.

각자 생의 한가운데서 길을 잃고 자신의 고통을 마주하듯 그들은 앙코르와트를 바라본다. 혹은 무언가를 찾기 위해 천천히 방황한다.

장복선은 쟌의 카메라로 사진 찍는 것에 몰두하고 선우와 미연은 마주보며 다가오지만 엇갈리듯 지나간다.

수정의 소리　캄보디아로 떠난다고 내 인생이 달라질까. 그곳이 나를 변화시킬 거라는 기대, 잠시 동안 환각상태. 뭐 이런 걸 기대하겠지. 전에는 기대했었어. 그래도 현실은 여전히 나를 기다리고 있어. 밀린 숙제를 잔뜩 안고서 말이야

수정의 소리가 끝나면 소심희와 배사장이 춤을 추듯이 사진을 찍으며 사람들 사이로 경쾌하게 등장한다.

소심희　(감격하여) 빛도 좋고, 구도도 좋고, 이런 순간은 다시 없을 거구만유. (황홀한 표정으로) 사진 찍어유! (배사장과 어깨동무하고 팔을 뻗어 핸드폰 카메라를 비춘다) 영원 같은 순간, 순간 같은 영원! 하나, 둘, 셋!

찰칵 사진 찍는 소리가 울리면서 정지.
사진 찍는 소리와 동시에 제 자리에서 멈춰서는 사람들.
마치 순간이 영원이 된 듯 서서히 암전된다.

막.

〈안녕, 앙코르〉 공연일지

1. 2010년
명동예술극장 창작팩토리 선정작

2. 2013년
공연예술 창작산실 지원사업 독회, 대학로 설치극장 정미소
배우와 스텝 : 이호성, 노영화, 오민애, 권기대, 김결, 김승환, 김진
욱, 박윤서,
양은용, 홍정연, 백지영, 손정우 연출.

3. 2015년 7월
3.15아트센터 소극장, 경남예술극단 손정우 연출, 문종근 예술감독
배우 : 김결, 김정희, 장은호, 이영자, 김소정, 주요한, 손미나,
최동석, 김봄, 구도현, 김혜지, 김민재, 정철륜, 박지희, 이다훈,
김예원, 문지향
스텝 : 공병철, 이상현, 이은정, 진경호, 정진영, 김인준, 김지애, 박
성민, 조수현, 윤지원, 홍선주, 김소연, 서영성, 김위영, 윤연경

4. 2015년 7월
27회 거창국제연극제 국내초청작, 축제극장. 경남예술단,
손정우 연출

5. 2015년 10월

서울 대학로 아트원씨어터 3관. 극단 유목민, 손정우 연출

배우 : 정슬기, 오민애, 전형재, 김나윤, 김승환, 김결, 정영미, 홍은정, 김혜민, 이승현, 이다혜, 에젠바트.

스텝 : 심재민, 김인준, 최종찬, 임해원, 박용신, 백지영, 심현우, 박소담, 김세중, 공혜진, 이민성, 최보윤, 김은선, 나재영, 설수민, 이원준, 임현아, 정상협, 박영민, 민성국.

음악 : 정철륜, 박지희, 이다훈.

개인 창작극 작품 공연일지

- 2015년 〈안녕, 앙코르〉 서울 대학로 아트원씨어터 3관, 극단 유목민
  제27회 거창국제연극제 공식초청공연, 경남예술단
  〈오중주〉 제7회 한국현대희곡 낭독공연, 일본 도쿄
  세타가야 씨어트 트램 극장
- 2014년 〈수인의 몸 이야기〉 제2회 한국여성극작가전 참가작,
  정미소 극장,
- 2012년 〈낙타풀〉, 서울연극제, 작품우수상 수상
- 2011년 〈배꼽〉 제28회 강원연극제, 춘천여성문화예술단
  극단 마실
- 2010년 〈경성스타〉 대학로예술대극장, 연희단거리패
  〈상자 속 여자〉 삼일로 창고극장
  〈결혼한 여자, 결혼 안 한 여자〉, 나무와 돌 소극장
- 2009년 〈수인의 몸 이야기〉 원더스페이스 극장
  〈오중주〉 춘천예술마당 봄내 극장, 춘천여성문화예술단
- 2006년 〈의자〉 아룽구지 소극장, 극단 표현과 상상
- 2003년 〈오중주〉 문예회관 대극장, 극단 로얄 씨어터
- 2001년 〈왕은 돌아오지 않았다〉 문예회관 대극장, 극단 서전
  〈체어〉 바탕골소극장, 극단 표현과 상상
- 2000년 〈배꼽〉 산울림 소극장
  〈달을 쏘다〉 문예회관 소극장

- 1998년 뮤지컬, 〈외계인 왈차와 새롱이〉, 샘터 파랑새극장
- 1996-1998 〈결혼한 여자와 결혼 안 한 여자〉, 샘터 파랑새 극장
- 1995년 〈메디아 환타지〉, 극단 무천, 문예회관 대극장
         〈조용한 손님〉, 연우무대
         〈낙원에서의 낮과 밤〉, 연우무대
         〈상자 속 여자〉, 부산 가맛골 소극장
- 1994년 〈백몽〉 실험극장 혜화동 1번지
         〈오래된 연인〉, 문예회관 소극장
- 1988년 〈열차를 기다리며〉, 샘터파랑새 극장

김윤미 희곡집 5

초판 1쇄 인쇄일   2017년 6월 25일
초판 1쇄 발행일   2017년 6월 30일

지 은 이   김윤미
만 든 이   이정옥
만 든 곳   평민사
　　　　　서울시 은평구 수색로 340 [202호]
　　　　　전화: (02) 375-8571(代)
　　　　　팩스: (02) 375-8573
　　　　　http://blog.naver.com/pyung1976
　　　　　이메일 pyung1976@naver.com

등록번호   제251-2015-000102호

ISBN   978-89-7115-639-1   03800

정 가   10,000원